De

Entre las sábanas del italiano

NATALIE ANDERSON

HARLEQUIN™

Editado por HARLEQUIN IBÉRICA, S.A.
Núñez de Balboa, 56
28001 Madrid

I.S.B.N.: 978-84-671-9091-5
Depósito legal: B-32068-2010
Editor responsable: Luis Pugni
Preimpresión y fotomecánica: M.T. Color & Diseño, S.L.
C/ Colquide, 6 portal 2 - 3º H. 28230 Las Rozas (Madrid)
Impresión y encuadernación: LITOGRAFÍA ROSÉS, S.A.
C/ Energía, 11. 08850 Gavá (Barcelona)
Fecha impresion para Argentina: 25.4.11
Distribuidor exclusivo para España: LOGISTA
Distribuidor para México: CODIPLYRSA
Distribuidores para Argentina: interior, BERTRAN, S.A.C. Vélez
Sársfield, 1950. Cap. Fed./ Buenos Aires y Gran Buenos Aires,
VACCARO SÁNCHEZ y Cía, S.A.
Distribuidor para Chile: DISTRIBUIDORA ALFA, S.A.

Capítulo Uno

La arrogancia personificada. Emily lo miró, cada vez más furiosa. Él estaba justo delante suyo, tan alto como un jugador de baloncesto y de hombros tan anchos como uno de rugby. Tapándole completamente las vistas. Exigiendo atención total.

«Qué típico».

Aún peor: tenía uno de esos teléfonos móviles con música, conexión a internet, cámara... Y, cada vez que pulsaba un botón, sonaba. Muy alto. A ella le resultaba muy molesto, sobre todo porque la obertura iba a comenzar. Carraspeó.

Se había pasado el último año trabajando como una loca y ahorrando hasta el último céntimo, para viajar junto con su hermana a Italia y a su fabulosa ópera. Y no iba a permitir que un estúpido egoísta, que creía que su vida social era más importante que el espectáculo, arruinara aquel momento. Carraspeó de nuevo.

Él se giró una fracción de segundo y la miró, pero continuó pulsando las teclas. La orquesta enmudeció y el oboe emitió la nota para que los demás instrumentos se afinaran. Pero eso tampoco lo detuvo: la pureza del sonido fue ensuciada por los pitidos de su móvil.

En cualquier momento, el director de orquesta sería recibido con aplausos. Los pitidos no eran aplausos. Ni él era transparente.

Emily clavó la mirada furiosa en aquella espalda y carraspeó una vez más. Observó los anchos hombros enmarcados por la chaqueta a medida, la mano que descansaba en la cadera, apartándose la chaqueta hacia atrás y enfatizando la cintura y caderas estrechas. Su camisa blanca y pantalones negros ocultaban músculos considerables y nada de grasa. Ella lo había advertido al verlo subir desde las butacas más caras. Ese hombre no pasaba desapercibido: era más alto que casi todo el público, vestía impecable, era guapo y sofisticado en aquel lugar abarrotado y caluroso. Seguramente había subido para no molestar a la élite con la que se encontraba: haría sus negocios en los asientos baratos, molestando a los plebeyos.

Un camarero pasó junto a ellos, voceando su mercancía una última vez antes de que empezara el espectáculo:

–*Bebite! Acqua! Cola! Vino bianvo! Vino rosso! Bebite...*

Ella se bebería todo. Tenía mucha sed. Y estaba irritada. Tosió.

¿Por qué Kate tardaba tanto? Sólo su hermana pequeña necesitaría ir al aseo justo cuando la ópera iba a empezar. Y, en aquel teatro antiguo, había pocos servicios y estaban abarrotados. Mientras tanto, ella tenía sed y quería que la columna de más de metro ochenta que le tapaba el escenario se moviera. Y entonces, él lo hizo: se giró con el teléfono móvil delante de él. El brillo de su sonrisa fue más cegador que el repentino destello del flash.

–¿Ahora está sacando fotos? –preguntó.

–Sí –respondió él, sonriente–. Necesito un nuevo fondo de pantalla para mi teléfono. Y esta vista es espectacular, ¿no cree?

–Creo que las vistas están detrás de usted: el escenario, la orquesta...

–Se equivoca. La belleza de la noche se encuentra delante de mí.

Se guardó el teléfono en un bolsillo mientras la miraba con cierto desafío que la hizo estremecerse de pies a cabeza y acalorarse en sus zonas más secretas. Estúpidamente, deseó ir vestida con algo más glamuroso que su modesto conjunto de falda y camiseta de algodón.

Tosió, en parte de nervios y en parte porque tenía algo en la garganta.

Oyó que él hablaba con el camarero y, momentos después, lo vio acercarse a ella y tenderle la botella de agua que acababa de comprar.

–Para su garganta –anunció él con evidente diversión, entregándole la botella.

¿Qué hacer, actuar como una diva enfadada? Pero él ya había guardado el teléfono y estaba sonriendo. Y menuda sonrisa.

–Gracias –dijo, reprochándose mentalmente estar sin aliento.

Él se sentó a su lado.

–¿Tiene ganas de ver la ópera?

–Sí.

¿Dónde estaba Kate? ¿Por qué tardaba tanto el director de orquesta? El tiempo estaba gastándole una broma, y el instante más fugaz se había convertido en eones.

–Es de las buenas. La representan cada año en este escenario.

–Lo sé.

Lo había leído en las guías de viaje que había devorado en la biblioteca. Aunque en aquel momento, sus ojos estaban devorando algo más. Tan cerca, él era más despampanante todavía. Mientras que en la distancia llamaba la atención su presencia física, de cerca era su expresión lo que cautivaba.

Era alto, moreno, guapo. El típico italiano de aspecto impecable. Pero tenía mucho más: la mandíbula fuerte y angulosa con una leve sombra oscura; la boca carnosa, contrastando con los pómulos marcados... ¿Serían sus labios tan suaves como parecían? ¿Cálidos o frescos? Resultaban tremendamente apetitosos.

Compitiendo con los labios por el primer lugar estaban sus ojos: color chocolate amargo, enmarcados por pestañas largas y espesas. Y en el centro, cierta dureza, cierto «no pasar» que despertó la curiosidad de Pandora en Emily.

−¿No va a beber?

Él no parecía molesto con el escrutinio, más bien satisfecho de estar allí sentado, estudiándola atentamente.

Emily se acordó de la botella y se maravilló de que no despidiera vapor. ¿El agua no hervía bajo aquellas manos ardientes?

−Debería beber −comentó él con desenfado−. Parece sedienta.

Aquella sonrisa había roto la arrogancia de sus rasgos una vez más. Amplia, sensual, y enmarcando unos dientes blancos y rectos. ¡Lo tenía todo!: el cuerpo de un atleta y los rasgos de un amante sensual.

A su alrededor, mucha gente del público estaba comiendo de sus pequeñas cestas. La mayoría eran parejas, el aroma del amor llenaba la atmósfera.

Él miró su bolsa de tela, vacía.

–¿No tiene un tentempié? ¿Ni un novio con quien compartir la música y la magia de esta noche?

–He venido con mi hermana, que ha ido a buscar algo –se defendió Emily.

–Ah, con su hermana –dijo él en tono críptico.

Por hacer algo y dejar de mirarlo, Emily abrió la botella de agua.

–¿De dónde es usted? –inquirió él.

Era evidente que la consideraba extranjera: le había hablado en inglés desde el primer momento. Emily se imaginó que se debía a su atuendo de viaje, ropa barata y sin planchar. Ella no era una italiana a la moda.

–De Nueva Zelanda –contestó, elevando la barbilla con orgullo.

Él la miró sorprendido.

–Es un viaje largo. No me extraña que esté deseando oír la música.

–Sí, llevo años queriendo venir.

Había sido su escapada soñada. Y, una vez allí, quería comprobar si Italia era el país cálido y sensual que ella había imaginado. La ópera había sido lo que había convencido a Kate a detenerse allí de camino a Londres.

Si Emily tuviera dinero y la oportunidad, viajaría a Venecia, Florencia, Roma... a todas partes. Se había visto innumerables veces todas las películas italianas del videoclub donde trabajaba. Incluso se había aprendido algunas frases para poder charlar un poco. Contempló el escenario, con las luces encendidas y la orquesta esperando en silencio. Era un sueño hecho realidad.

Se disipó su irritación y bebió de la botella, un trago largo que terminó con un suspiro de satisfacción.

Dedos fuertes pero delicados la tomaron de la

barbilla e hicieron que lo mirara. Perpleja, ella se dejó, absorbiendo en silencio la intensidad de su rostro. Y de pronto, sólo existió el dedo índice de él recorriéndole con cuidado el labio inferior, enjugándole las gotas de agua.

–Qué sedienta... –comentó él suavemente.

Aquellos dedos acariciándola le despertaron un gozo sublime y el deseo travieso de sacar la lengua y saborearlo.

El público esperaba expectante, en silencio, pero aquello no era nada comparado con la expectación que la embargaba. No quería que él rompiera aquel delicioso contacto. Incluso, deseaba algo más intenso. Menuda locura. No podía querer que un extraño la besara, ¿verdad? Que posara sus labios donde su dedo estaba acariciándola...

Pues sí. Ella, que nunca había sido aficionada a las aventuras amorosas, y menos aún a historias de una noche, estaba abrumada por su deseo de tumbarse y dejarle hacer lo que quisiera, allí mismo y en aquel momento, en un teatro lleno a rebosar.

Se le cayó la botella sobre el asiento contiguo.

–¿Se da cuenta de que está a punto de empezar? –murmuró.

Él entrecerró los ojos, ocultando su brillo.

–¿Qué le hace pensar que no ha empezado ya?

Cielos... Los dedos de él se alejaron de su boca, pero le rozaron el muslo al agarrar la vela, de la cual ella se había olvidado totalmente. Instintivamente, se le tensaron todos los músculos internos. La subsiguiente ola de sensaciones fue algo nuevo, embriagador y maravilloso. Él la miró a los ojos, sabía que estaba sumiéndola en un deseo inesperado y desacostumbrado.

–Encendámosla, ¿de acuerdo? –propuso, sacando un mechero del bolsillo.

Hubo un chasquido metálico y la llama iluminó cálidamente su rostro. Emily se lo quedó mirando, fascinada por su mandíbula en tensión, su boca firme, el brillo de su mirada.

Luca se obligó a apartarse de aquella cautivadora mirada y se concentró en encender la vela. Pero, cuando se la tendió, ella no se movió: estaba sentada como una estatua, mirándolo con sus enormes ojos verdeazulados. Luca no pudo evitar sonreír mientras se cambiaba la vela de mano y le agarraba la suya con la que quedaba libre. Cielos, ella era una belleza. De cabello color miel y figura de curvas suaves, vestía una camiseta verde claro que realzaba sus ojos. Había reparado en ella al subir en busca de mejor cobertura para su móvil. Luego, se había divertido con sus métodos tan poco sutiles para expresar que le estaba molestando. Se había alargado en mandar su mensaje de texto, sólo para ver la reacción de ella. Y entonces, había tenido que capturar aquella mirada fulminante.

«Irresistible».

Notó que ella se estremecía, apretó los dedos instintivamente, y le pasó la vela encendida. Por un instante que le pareció eterno, sujetaron la vela juntos. Le gustó sentir la mano de ella bajo la suya. Le gustaría sentir más de aquel cuerpo.

–Debería tener un novio con quien acudir a la ópera –señaló.

Si fuera él, la abrazaría por los hombros y la apretaría contra su pecho.

–Y usted también –replicó ella, sosteniéndole la mirada.

–Cierto. Desafortunadamente, tengo otros invitados a los que entretener –informó, encogiéndose de hombros con impotencia–. Pero en un universo paralelo, estaría aquí con usted.

–¿Con una completa extraña? –se burló ella, con cierta timidez y coquetería.

–No seríamos extraños durante mucho tiempo.

Los ojos de ella brillaron de deseo y se le escapó un grito ahogado. Sí, él quería decir exactamente eso: se unirían piel con piel hasta quedar satisfechos. Cierto, era una locura. ¿Desde cuándo se sentaba sujetando la mano de una extraña y fantaseando acerca de tenerla en sus brazos? ¿Desde cuándo creía que podría sentirse satisfecho a través de la conexión con otra persona? La gente, las relaciones, no le interesaban. Sólo el trabajo podía proporcionarle satisfacción.

Ella se ruborizó, pero le sostuvo la mirada.

–Qué pena que no existan los universos paralelos.

–Cierto. Pero siempre hay un mañana.

La audiencia rompió en aplausos ensordecedores. Luca parpadeó y la burbuja se desvaneció. Miró abajo y vio al director de orquesta en el podio, con la batuta elevada. Debía regresar a su asiento, tenía que atender a sus invitados. Maldición.

Sonrió mientras la soltaba y se ponía en pie.

–*Ciao, bella.*

Capítulo Dos

Emily pasó el siguiente momento de eternidad intentando recordar cómo se respiraba. Sacudió la cabeza y rió débilmente, aplacando la intensidad residual con una dosis de sarcasmo. Menudo flirteo. Él había transformado su acaloramiento por enfado en acaloramiento por atracción, disipando su incomodidad y dejándola casi jadeante.

Lo observó bajar las escaleras y regresar a la zona exclusiva. Sin mirar atrás. Ya la había olvidado. Debía de sucederle a menudo: mirar a una mujer desprevenida con sus peligrosos ojos castaños, ponerle un dedo encima, y ella decía que sí al momento. No le extrañaba que destilara aquella arrogancia. Era el tipo de hombre a quien todo le llegaba fácil, especialmente las mujeres.

Pero lo sorprendente era que ella, felizmente, habría sido una de sus mujeres.

«Irresistible».

Justo cuando empezaban los primeros acordes de la obertura, Kate se sentó junto a ella.

–Tienes agua, fantástico –dijo, agarrando la botella y vaciándola a la mitad–. Justo a tiempo para el espectáculo.

Emily se tocó los labios, recorriendo el camino que había seguido él. Para ella, el principal acontecimiento de la velada ya había sucedido.

Pero la Arena di Verona no la decepcionó. Dos horas más tarde, mientras tronaban los aplausos y los gritos de «¡otra!» y «bravo», placer y alivio invadieron a Emily. Había merecido la pena. La calidez, el ambiente, la música, el espectáculo... todo había sido tan maravilloso como podía desear. Bueno, casi todo. El encuentro fugaz con el flamante extraño le había hecho añorar algo que no había tenido tiempo de querer hasta entonces: caricias, placer, la sensación de ser deseada. Había estado demasiado ocupada para salir con citas, y su único intento de novio no había merecido la pena. Pero de pronto, con un roce de él, la puerta a su parte sensual se había abierto. Y ella se había quedado deseando atravesarla.

Kate y ella atravesaron la masa de gente emocionada y salieron a la *piazza* donde la multitud se desperdigaba. Emily no quería que la noche terminara. Todavía sentía las vibraciones de la música y las voces, pero sobre todo, aún sentía aquel dedo en sus labios... y deseaba más.

–¿No crees que la soprano estaba un poco desafinada en el último dueto?

Emily sabía que Kate iba a diseccionar la actuación nota por nota, pero ella no había escuchado tan atentamente: no había podido contenerse de mirar a una de las butacas caras, donde una cabeza de cabello oscuro se elevaba por encima de las otras. La música se había convertido en la banda sonora de una fantasía que ella no podía permitirse.

–¿Dónde dices? –inquirió, y se le desvaneció la sonrisa cuando Kate se lanzó a cantar las últimas frases de la pieza más importante de la noche–. ¡Kate!

Qué vergüenza. Pero su hermana le dedicó una

mirada traviesa y continuó. La gente se giró a mirarlas y fue haciéndoles un corro. Emily deseó poder perderse de nuevo en la multitud. Entonces, vio al grupo de hombres impecablemente vestidos. Él se hallaba en el centro, más alto que los demás, y las miraba sin disimulo. A su lado había una mujer. Por supuesto. Guapa y elegante, evidentemente acostumbrada a ropa de diseño, y evidentemente interesada en él. ¿Tal vez una amante con la que acudir a la ópera?

Un estúpido sentimiento de pérdida se apoderó de ella. Sólo habían intercambiado unas cuantas palabras en las escaleras, pero habían destapado una miríada de posibilidades. Únicamente, ella no era como la mujer que lo acompañaba, así que no existía ninguna posibilidad, después de todo; qué amarga decepción.

En cuanto Kate se detuvo para tomar aire, Emily la agarró del brazo.

–¿Has terminado?

–No –respondió la joven, sonriendo por si alguien los miraba–. Tengo una gran idea.

Emily no quería escuchar, sólo quería marcharse. Miró por encima de su hombro para verlo una última vez: estaba mirándola sonriente y, cuando sus miradas se encontraron, él le guiñó un ojo. Ella no sonrió, pero mantuvo la mirada para capturar aquella imagen en su mente.

Su hermana y ella giraron una esquina, llegando a una de las concurridas calles laterales.

–No pienso comer sólo pan en los próximos dos días –anunció Kate–. Estamos en Italia. Quiero pasta, pizza, un restaurante. Voy a conseguir más dinero.

–¿Cómo?

–Cantando en la calle.

A Emily se le cayó el corazón al suelo. Conocía a su hermana, la atención que había logrado sólo le había abierto el apetito.

–Vamos, Em, ya has visto la multitud que se ha congregado hace un momento. Tres canciones, y tendremos para una fabulosa comida mañana, de ésas en una terraza con millones de platos y mucho vino.

A Emily se le hacía la boca agua con la idea, pero intentó ignorarlo.

–Seguramente hace falta un permiso para actuar.

Kate bostezó fingidamente.

–¿Reglas, Em?

–Una de las dos tiene que ser responsable.

Siempre había sido ella, por necesidad. Llevaba muchos años como única responsable de ambas: madre, padre, amiga, sostén de la familia, cocinera, limpiadora, chófer...

–Es una pena que no haya un piano para que puedas acompañarme. A menos que quieras hacer ese dueto...

–De ninguna manera.

Su hermana podía llevarse la gloria, ella se contentaba con acompañarla.

–Sólo serán diez minutos. No le importará a nadie.

Emily suspiró y se hizo a un lado, observando cómo Kate liberaba su cabello del sombrero de paja. Su hermana era impetuosa, imposible de contradecir y, tal y como había predicho, a los pocos minutos tenía una multitud a su alrededor. No la sorprendió. Con sus largos rizos pelirrojos y su figura delgada, Kate llamaba la atención antes incluso de abrir la boca. Y cuando empezaba a cantar, sus tonos angelicales provocaban que cualquier cosa con orejas se detuviera y escuchara. Conforme la multitud fue aumentando, Kate le dirigió una mirada triunfal. Emily se quedó a un lado, atenta por si aparecía un *carabiniere*, ya que no quería meterse en problemas.

–Su hermana tiene mucho talento –dijo una voz masculina a su espalda.

Emily dio un respingo. Se giró levemente y, al verlo allí, alto y despampanante, el cuerpo se le volvió hipersensible y su cerebro amenazó con dejar de funcionar.

–Sí.

–Y usted también.

¿En qué se basaba para decir eso? Emily negó con la cabeza.

–No de la misma forma.

–Cierto –concedió él y siguió hablando en voz apenas audible–. Su hermana todavía es una niña. Mientras que usted, creo yo, alberga los talentos de una mujer.

Emily inspiró hondo y lo miró fijamente.

–Bromea, ¿verdad?

–No –respondió él, sosteniéndole la mirada, entre divertido y desafiante–. Se giró para mirarme de aquella manera, ¿cómo no iba a seguirla?

El guante había sido arrojado. Emily sintió un fuego plateado extendiéndose por sus venas. ¿Ella albergaba los talentos de una mujer? Si eso fuera cierto, lo tendría de rodillas delante de ella, toda su arrogancia y experiencia convertidas en algo inútil, deseándola más allá de lo razonable y queriendo concederle todo... esa idea loca le hizo estremecerse.

¿Desde cuándo era ella una diosa del sexo? ¿Cuándo había tenido sexo por última vez?

Se olvidó de Kate y sus canciones, se olvidó de la mujer que había visto junto a él, sólo oía la diversión en su voz, sólo veía su sonrisa sexy... Hablar tan sugerentemente le resultaba raro pero muy divertido, y quería que continuara. Intentó una respuesta descarada:

—Si ése es el caso, tal vez debería tener cuidado.

Él sonrió travieso.

—Sin duda —dijo y extendió la mano—. Luca Bianchi.

Ella le miró la mano y sonrió con picardía.

—¿No le asusta que muerda?

—Estoy medio esperando a que lo haga.

—Emily Dodds —dijo, estrechándole la mano y sintiendo un cosquilleo hasta el hombro.

—Emily —repitió él, de una manera que hizo que todo se le encogiera por dentro—. ¿Te ha gustado la ópera?

—Me ha encantado.

Él asintió.

—Ha sido una buena representación.

—En una atmósfera adorable.

—Mi acompañante podría haber sido un poco mejor. ¿Y el tuyo?

—No ha estado mal.

—Pero podría haber sido mejor.

—Tal vez —respondió ella y bajó la vista recatadamente—. ¿Vas a devolverme mi mano?

—Estaba pensando en llevármela a casa.

—Esta noche no —dijo ella, pero no pudo evitar sonreír, invadida de placer.

Ser tan abiertamente cortejada por un hombre tan atractivo resultaba emocionante.

–¿No? Qué pena –dijo él sonriendo también–. Siempre hay un mañana.

Ella se perdió en aquellos ojos chocolate, imaginándose un millón de posibilidades. Él la sujetó más fuerte.

–¿Lo ves? ¡Te lo dije! –exclamó Kate, sacudiendo su sombrero vuelto hacia arriba–: Suficiente para un festín de cinco platos en un restaurante caro.

Emily tiró de su mano y, tras un suave apretón, él la soltó.

–¿Cantando para cenar? –inquirió él secamente.

–¡Para comer mañana! –contestó la joven–. Hola, soy Kate.

–Hola, Kate. Yo soy Luca, un amigo de tu hermana.

Emily lo miró atónita. ¿Un amigo? Supo que el brillo de diversión en su mirada iba dirigido a ella.

–Permitidme que os consiga algo de beber. Debes de estar sedienta tras haber actuado con un calor como éste.

El lado juicioso de Emily la impulsaba a negarse. Pero el guiño de él fue suficiente para hacerla cambiar de idea. Se encontraba en Italia, su lugar soñado de vacaciones, y estaba flirteando con el hombre más ideal jamás imaginado. La pequeña Doña Descarada apartó a Doña Juiciosa.

–Gracias.

Hacía mucho que Luca no hacía una locura como aquélla. De pronto, se encontraba persiguiendo algo que sólo podía ser momentáneo. Pero, qué diablos, sería divertido. ¿Y acaso no se merecía un poco de diversión? Mientras la camarera les llevaba el vino que habían pedido, Luca se recordó que las aventuras de una noche nunca eran tan buenas como uno se las imaginaba, pero no había deseado nunca tanto a una mujer, con aquella exigencia instantánea y visceral.

Iba a suceder, se aseguraría de ello. Por tanto, no necesitaba quedarse mirándola como un perro hambriento. Sin embargo, controlar esa urgencia no era fácil, cuando ella lo miraba a la vez desafiante y cautelosa.

–¿Qué te ha traído a Verona?

Era necesario algo de charla superficial.

–Vamos de camino a Londres –respondió su hermana–. Quiero cantar allí.

Luca miró a la joven pelirroja de ojos azules.

–Tienes talento para cantar en cualquier lado. ¿Posees la determinación necesaria?

–Desde luego.

Volvió a concentrarse en Emily. Le gustaría besar las pecas repartidas por su nariz y aún más, le gustaría besar su boca. Ella no tenía la figura adolescente de su hermana, era igualmente delgada pero con curvas. Tenía buenas caderas para amortiguar las suyas, largas piernas para abrazarlo por la cintura, cabello largo del que tirar para acceder a su cuello y besarla hasta alcanzar sus generosos senos.

Luca dio un sorbo a su copa de vino, mientras oía a Kate parlotear sobre sus planes de carrera, y observó que Emily se ruborizaba más cuanto más la miraba. Su propia temperatura empezó a elevarse.

–¿Quieres una comida maravillosa, Kate? –preguntó, interrumpiendo la incesante charla–. Conozco el mejor lugar. Encontraos conmigo mañana a la una aquí y os llevaré.

–¿De veras?

Kate era demasiado fácil de contentar. Él tenía la sospecha de que su hermana supondría un desafío mayor... y muy bienvenido.

–Desde luego. Será un placer –respondió, dirigiendo la última palabra a Emily con cierta provocación.

Ella había clavado la mirada en su copa vacía, pero entonces lo miró, cauta, inquisitiva. Él le sostuvo la mirada. Si se encontraran a solas no sería tan fácil. Pero no lo estaban, todavía, y debía contenerse para no hacer lo que realmente deseaba.

–Será la mejor que hayáis probado nunca –añadió, negándose a romper el vínculo con Emily.

Se quedó vagamente satisfecho al verla esbozar una leve sonrisa.

Cuando Emily llegó a la *piazza* con Kate, Luca estaba esperándolas frente a la Arena, tal y como había prometido. Pero no estaba solo. A cada lado tenía una bella mujer. Emily sintió una bola congelándole la garganta, el pecho, el vientre. Sin embargo, al acercarse, vio que se la comía con los ojos. Se excitó de nuevo, invadida de deseo, curiosidad, ganas de cierto descaro... y, por encima de todo, desconcierto acerca de aquellas dos mujeres. El asunto empeoraba porque sabía que él lo había advertido y en aquel momento tenía un subido aire de suficiencia.

–Kate –saludó, cuando llegaron a su lado–, éstas

19

son María y Anne, cantantes de ópera en la Arena di Verona. ¿Te gustaría pasar la tarde visitando el *backstage* y asistiendo a un ensayo?

A Kate le brillaron los ojos.

–¿De verdad?

Luca rió complacido.

–Sí, de verdad. Pero espera, hay más –dijo, tendiéndole un sobre–. Tengo un contacto en Londres que puede serte útil. Aquí tienes los detalles. Estará esperando noticias tuyas.

–¿En serio? –exclamó ella emocionada.

–María y Anne se asegurarán de que comas bien. Tal vez no cinco platos en un restaurante de lujo, pero sí algo.

–No importa, no tengo tanta hambre.

–Bien, entonces, adelante. Ellas se encargarán de ti. Y no te preocupes, cuidaré de Emily.

–Ya lo sé –dijo ella, y se marchó como una niña, emocionada por haber logrado su mayor deseo.

No se giró ni una vez a mirar a Emily.

Con diecinueve años, su hermana era una adulta, pero Emily no podía todavía sacudirse esa responsabilidad. Kate era todo lo que tenía.

La observó alejarse con las cantantes. No quería encontrarse con la mirada de Luca tan pronto. ¿Él la cuidaría? Tenía veinticuatro años, no necesitaba que nadie la cuidara, salvo que intuía que él se refería a un tipo de protección nada paternal...

–Nos hemos quedado solos, Emily –dijo él, tras un largo momento de silencio.

Ella inclinó la cabeza, aplaudiéndolo en silencio. Aquel hombre conseguía siempre lo que quería. Y, si ella era lo que quería, la tendría. Al fin y al cabo, ella estaba libre. Su única responsabilidad, su hermana, estaría ocupada toda la tarde. Se encontraba de vacaciones en la ciudad más encantadora del mundo, y quería explorarlo todo.

–Dije que te enseñaría lo mejor de Verona. ¿Estás dispuesta?

Ella lo miró, enarcando una ceja: ambos sabían que sí.

–Entonces, pongámonos en marcha –dijo él, esbozando una de sus amplias sonrisas contagiosas.

Emily no pudo evitar sonreír, ni el escalofrío cuando él la agarró de la mano, le guiñó un ojo y la condujo a una calle adyacente.

–¿Adónde me llevas?

–A un breve recorrido por lo más destacado de la ciudad y luego a comer, ¿te parece bien? –preguntó y la vio asentir–. ¿Has ido ya a la casa de Julieta?

–Sí.

Supuestamente, era el balcón de Romeo y Julieta, sin contar con que la historia era ficción.

–¿Y has dejado un mensaje en su muro?

–No.

–¿No tienes un novio a quien dejarle un mensaje?

¿Cuántas veces iba a preguntárselo?

–¿Y tú, alguna vez has dejado un mensaje allí? –inquirió ella.

–No soy nada romántico. ¿Y Castelvecchio y San Zeno? ¿Los has visitado?

–Sí.

–¿Y el Duomo?

–También.

Él frunció el ceño y se detuvo.

–¿Cuánto tiempo llevas en Verona?

–Éste es nuestro quinto día. Los dos primeros, llevé a Kate a recorrer la ciudad. Creo que he visto la mayoría de lo principal.

Él la agarró de la mano y empezó a caminar en dirección opuesta a la que habían empezado.

–Entonces, vamos directamente a comer.

La condujo a la otra orilla del río por encima de un puente, hasta detenerse ante unas puertas. Se giró hacia ella con mirada radiante, llena de irresistibles promesas.

–Entra al jardín conmigo, Emily.

Capítulo Tres

Los Jardines Giusti eran unos magníficos jardines renacentistas. Los distintos tonos de verde suponían un agradable contraste frente al gris de los edificios del centro de la ciudad.

Atravesaron una zona de arbustos podados representando formas. Aunque el ambiente era tranquilo y fresco, Emily sólo sentía calor. Tenía los sentidos a flor de piel: percibía el murmullo del agua, el zumbido de alguna mosca, su respiración entrecortada... y la cercanía de él.

Se acercaron a un banco cubierto de hierba, a la sombra de los árboles.

–Mira, alguien está de picnic –comentó ella.

–Sí –respondió él con sonrisa traviesa–: nosotros.

Se acercó al hombre uniformado que esperaba junto al banquete. Hablaron brevemente y el hombre se marchó. Emily observó todo, cada vez más encendida.

Luca le indicó que se acercara.

–¿Tienes hambre?

–¿Y dices que no eres romántico, Luca? –bromeó para disimular su excitación.

–Sólo es un sencillo picnic.

No tenía nada de sencillo. En el suelo había extendida una manta color rojo rubí, y sobre ella suntuosos cojines, también rojos, con hebras doradas. Otra alfombra esperaba doblada en una esquina, ¿por si necesitaban más espacio, o para esconderse bajo ella? Emily se estremeció de pura tentación.

Junto a la zona que invitaba a tumbarse había una gran cesta. Luca se acercó y sacó una botella de vino. Al verlo sirviéndolo en un par de copas, Emily concluyó que se encontraba en el paraíso.

Sin vacilar, se sentó en la manta, aceptó la copa que él le ofreció y se recreó en las vistas del impecable jardín. Necesitaba un momento para recuperar la cordura, antes de olvidarse de toda cautela.

—Esto es increíble.

—Lo mejor de Italia —apuntó él, sonriendo como si supiera que ella ya la había perdido—. Y está aquí para ti.

—La cesta no parece tan grande.

—No me refería a la cesta.

—Estás muy seguro de lo que vales, ¿verdad?

—Valgo mucho, y no hablo en términos de dinero, sino de placer. No se puede poner precio al placer absoluto.

Luca no podía apartar la mirada de ella: su expresión maravillada era tan genuina que le hacía sentirse culpable.

—Yo no he escogido nada de esto, ni lo he dispuesto así.

Emily rió.

—Lo sé. Pero ha sido idea tuya.

Eso era cierto. Y se sentía aún más culpable: quería cenar, beber y seducirla. Sólo una noche. Y, por su

24

ardiente mirada y su forma de flirtear, ella era más dulce que sofisticada. Sólo haría lo que ella también deseara, y sólo si comprendía las reglas. Sería una aventura única, por encontrarse de vacaciones.

–El hotel ha preparado la comida.

–Al final, he conseguido el festín de cinco platos.

–Exacto.

–¿Cómo es que tienes contactos en la ópera?

–Mi empresa es una de las patrocinadoras.

–¿Tu empresa?

–Sí, mía.

Era de su propiedad, era toda su vida. Llevaba casi una década dedicado a ella: formándose, obteniendo la experiencia necesaria y haciéndola crecer hasta elevarla al éxito que había alcanzado. No había requerido la ayuda de su padre; no necesitaba su falta de interés. Podía generar su propio dinero, demostrar su valía.

–A menudo llevo allí a clientes importantes y a sus esposas.

–¿A sus esposas?

–Sí –dijo él reprimiendo una sonrisa, intuyendo que ella se había preguntado acerca de la mujer que lo acompañaba la tarde anterior.

Sí, era la esposa de un cliente y no, no estaba interesado en ella. La miró con vehemencia, pero vio que ella estaba comprobando si llevaba anillo de casado y se tensó. Sí lo había llevado, una vez. Y lo había mantenido un tiempo después, como talismán para mantener alejadas a las mujeres. Pero cada vez que lo veía, se acordaba. Nikki no había tenido la fuerza de salir adelante y él había tenido que hacerlo solo.

Un día, se lo había quitado y había permitido que el sol bronceara la marca blanca. A pesar de eso, no había podido olvidar. Incluso en aquel momento en que estaba planeando una locura, la vivencia renacía, haciéndole recordar que no debía comprometerse.

–¿A qué se dedica tu empresa? –inquirió ella.

Luca lo agradeció. Cuando aparecían pensamientos dolorosos, siempre se refugiaba en el trabajo.

–A fondos de cobertura. Son fondos de inversión libre, de alto riesgo.

–¿Y te gusta la ópera?

¿Por qué la sorprendía?, se preguntó él.

–Soy italiano, por supuesto que me gusta.

–No hablas como un italiano.

–Estuve en un internado en Inglaterra desde los siete años, y pasé allí más de diez hasta que emergí del sistema. Pero supongo que el gusto por la ópera lo heredé de mi madre.

Al mencionarla, se le activaron más recuerdos dolorosos, así que volvió a centrar la conversación en Emily.

–¿Te gusta Italia?

No necesitó que hablara, su rostro radiante fue suficiente respuesta.

–Es tu primera visita, ¿verdad? ¿Es como esperabas?

–De hecho, es mejor.

Allí estaba aquel genuino entusiasmo. La tarde anterior, su furia había partido de ahí, de su deseo de divertirse, de aprovechar al máximo el momento que llevaba esperando tanto tiempo. Su frescura era embriagadora.

–¿Te gusta la comida?

Ella asintió.

–¿Has probado alguna de las especialidades locales? La cocina italiana no consiste sólo en *mozzarella* de búfalo y tomates secos, ¿sabes?

–¿No? Pues a mí me gustan ambas cosas.

Él rió.

–Prueba algo más conmigo –la animó, y rebuscó en la cesta.

El hotel había hecho un trabajo fabuloso, preparando multitud de contenedores pequeños, algunos con cosas sencillas, como aceitunas, otros con deliciosas miniaturas de platos muy elaborados.

Fue sacando y explicando cada uno, hizo que ella repitiera el nombre en italiano y luego la observó mientras los probaba, esperando a su reacción antes de saborearlos él mismo. Y, mientras tanto, su apetito fue creciendo.

Emily se relamió el aceite de los labios. Le encantaban los tomates secos, cierto, pero las delicias de aquellos pequeños contenedores eran algo de otro mundo. Habiendo comido tanto, a la sombra de los árboles, y en aquel ambiente cálido, normalmente le hubiera invadido la pereza. Pero la presencia de él, tan cerca, lo impedía.

Él estaba tumbado, apoyado en un codo, relajado. Emily ansiaba tocarlo: satisfecho un apetito, otro seguía hambriento. En lugar de eso, sacó un grisín de pan para tener algo en las manos.

–Háblame acerca de tu vida –pidió él.

Ella arrugó la nariz.

–No hay mucho que contar.

Desde luego, nada glamuroso ni emocionante.

–¿Dónde están tus padres?

Conforme partía el grisín en dos, la sombra que albergaba su corazón debió de cruzar su rostro.

–Lo siento –dijo él–. ¿Me contarás lo ocurrido?

–Por supuesto –respondió ella con una sonrisa–. Sucedió hace mucho tiempo.

Rompió una de las mitades del grisín en trozos y contó la versión resumida.

–Mi madre murió en un accidente de coche cuando yo tenía quince años. Entonces, mi padre comenzó su declive. Bebía mucho, fumaba, dejó de comer –relató, contemplando las migas entre sus dedos–. Creo que, sin ella, perdió las ganas de vivir.

–¿Aunque tenía dos preciosas hijas a las que cuidar?

Emily comprendía la pregunta, y percibía su juicio intrínseco. ¿Acaso ella no había pensado lo mismo en sus momentos de enfado? Pero también conocía la historia completa. Las cosas nunca eran blancas y negras, existía toda una escala de grises. Así que, compartió una parte:

–Él conducía el coche, Luca. Nunca se repuso del sentimiento de culpa.

Se sacudió la última miga, se sentó sobre sus manos y contempló el jardín.

–Murió dos años después que ella.

Dos años en los que intentó ayudarlo a superarlo. Pero la depresión lo hundió tanto, que el alcoholismo se convirtió en enfermedad, y el daño a su mente y su cuerpo se volvió irreparable. No podía salir de aquello, ni tampoco lo deseaba. Se apagó. Y ella se hizo cargo de todo.

–¿Qué sucedió entonces?

–Yo tenía dieciocho años, Kate casi trece. Permitieron que se quedara conmigo. Dejé el colegio y me busqué un empleo.

Pensaba estudiar piano en la universidad, pero en lugar de eso se había puesto a trabajar y habían dedicado todo lo que tenían a la carrera de canto de Kate. Su hermana pequeña tenía la imagen, el talento y las ganas. En aquel momento, con diecinueve años, había decidido atravesar el océano y aprovechar la oportunidad antes de, como ella decía, «quedar para el arrastre». Emily era su acompañante, tanto tocando el piano para que cantara, como en términos de apoyo.

–Así que cuidaste de Kate.

Emily se encogió de hombros.

–Nos cuidamos mutuamente.

No tenían a nadie más.

Se produjo un silencio largo y, por fin, ella lo miró. Y supo que él la comprendía, que conocía la lucha y la soledad. Por un instante, le pareció ver pena. Pues eso no lo quería. Ella había superado esa fase, había sobrevivido, y también Kate. Y ya estaban encaminadas hacia un nuevo horizonte. La vida se movía hacia adelante. Y ella estaba esforzándose por ignorar el temor que le encogía la boca del estómago. Durante los últimos seis años, ella había tenido dos empleos, además de ocuparse de las tareas del hogar. Había creado estabilidad, una rutina... pero ya no existía nada de eso, y no podía prever el futuro. Lo único que sabía era que quería más de lo que su vida había sido en su país: un empleo más satisfactorio, una vida social más plena... Y junto a aquel hombre despampanante en el hermoso jardín, sentía como si tuviera la oportunidad de comenzar una nueva fase de su vida.

–¿Y tú? –preguntó, aligerando el tono–. ¿Dónde está tu familia?

Vio que se le tensaba el rostro y supo que había sufrido tanto como ella.

–El cáncer mató a mi madre cuando yo tenía siete años –dijo él sin rodeos, aunque el dolor todavía era palpable.

–¿Y tu padre?

Él se encogió de hombros.

–Entré en el internado justo después. No tenemos una relación estrecha.

Esas parcas palabras hablaban por sí solas.

Emily se reclinó, conmocionada. ¿Lo habían enviado fuera, a un país totalmente diferente donde ni siquiera hablaban su idioma?

La mirada de él era puro cinismo.

–Me parezco a mi madre. Supongo que era un recordatorio demasiado doloroso.

Así que, en cierta manera ambos habían sido rechazados por su progenitor superviviente.

–¿Y dónde está tu padre ahora?

–Se casó de nuevo. Viven a las afueras de Roma.

Sus miradas se encontraron, como si reconocieran que tenían en común ciertas sombras.

Emily apenas había tenido tiempo de procesarlo, cuando vio que él se incorporaba.

–Suficiente tristeza. El día es demasiado corto –anunció, metiendo la mano en la cesta–. Probemos el postre.

Era el hombre más dinámico que había conocido, pensó Emily derretida. Y tenía razón: no necesitaban ahondar en la tristeza, aquel momento estaba dedicado a las vacaciones y el sol.

El postre era un pastel de crema. Él le dio a probar una cucharada, riendo suavemente.

Cielo santo, era un sabor de pura decadencia.

—Está bueno, ¿verdad? —dijo, comiéndose una cucharada y ofreciéndole otra.

Emily se tumbó en la manta, entregándose al placer del momento. Cerró los ojos, dejó que su mente saboreara el postre y se empapó del calor. Quería más postre, y mucho más de él.

—Así que todo este tiempo has cuidado de tu hermana —comentó él suavemente—. Ahora, necesitas que alguien satisfaga tus necesidades.

Ella abrió los ojos y lo vio descansando la cabeza en el cojín contiguo al suyo.

—¿Qué te hace pensar que no tengo novio?

—Si así fuera, no estarías mirándome con esos ojos hambrientos.

Emily elevó la cabeza con dignidad.

—Te has pasado, Luca. No soy completamente inexperta.

—Sólo un poco, ¿verdad? —dijo él y soltó una carcajada—. ¿Cómo era él, un jovencito que no sabía complacer a una mujer, aunque le diera instrucciones detalladas?

Ella se ruborizó y cerró los ojos, intentando fingir que aquello no estaba sucediendo. Su ex novio había sido justamente así.

—Emily, no puedo ofrecerte más que un recuerdo —anunció él, tenso—, pero creo que sería un buen recuerdo.

Ella abrió los ojos de nuevo, impelida por la fuerza de aquellas palabras.

–¿Cuándo fue la última vez que hiciste algo que deseabas? –inquirió él–. No algo para otra persona, ni algo que tenías que hacer, sino algo que querías, y sólo para ti.

Ella no lograba recordar. Y supo que él se dio cuenta.

–¿Eso es lo que me ofreces? Es muy generoso por tu parte, Luca –se burló suavemente–. Como si tú no tuvieras ningún interés al respecto.

–Tengo todo el interés, lo admito –afirmó, y se encogió de hombros–. Soy un egoísta. Sé egoísta conmigo.

Rodó hasta colocarse frente a ella.

–Tenemos más en común de lo que crees. Los dos llevamos mucho tiempo trabajando duro. ¿No te mereces un regalo?

–¿Eso es lo que eres?

Él se le acercó aún más.

–Dímelo tú.

Le agarró la mano y se la posó en el corazón.

–¿Sientes cómo se acelera?

Su latido era fuerte, regular e hipnótico. Emily deseó que la tela desapareciera y sentir la piel directamente.

–¿Te ocurre lo mismo cuando nos tocamos? Cuando nuestros brazos se rozan, al ir uno al lado del otro, ¿tu cuerpo quiere más? El mío sí.

Él seguía hablando con tranquilidad, pero la fuerza detrás de aquellas palabras sacudió a Emily hasta la médula.

–¿Qué ocurriría si posara mi mano en tu pecho, Emily? ¿Tu corazón se aceleraría?

Ya estaba haciéndolo, cada vez más rápido con cada palabra y una creciente expectativa.

–Creo que deberíamos averiguarlo.

Él le soltó la mano y recorrió su escote con los dedos.

–Luca...

Emily sacudió la cabeza, pero no pudo negar el fuego que sus caricias despertaban.

Él le pegó la camiseta a la piel y contempló el pezón duro y erecto. Sonrió. No necesitaba sentir el corazón de ella para saber qué efecto le provocaba.

La miró a los ojos, decidido.

–Sólo un beso.

Una tarde. Una tentación.

No tuvo que convencerla para que abriera la boca: ella lo recibió a mitad de camino, húmeda, adaptándose a él y buscando; con los ojos cerrados, incapaz de centrarse en nada que no fuera él. En aquel momento, no existía nada más que su beso, su boca, su lengua exploradora que, enseguida, se volvió más exigente. Emily hundió sus manos en el cabello de él, rendida y empezando a exigir, abriéndose más, buscando más profundamente.

Era la felicidad absoluta. Quería que durara, quería saborear cada fase. Y, enseguida, quiso más: sentir su peso encima, sus caderas clavándola a la manta...

–Emily –dijo él, separándose un poco.

Ella abrió los ojos, aborreciendo la interrupción.

–Voy a llevarte de vuelta a mi hotel y a besarte así por todo el cuerpo. ¿Te parece bien?

–¿Tu hotel está lejos?

Él rompió a reír.

–Hablo en serio. ¿No podemos seguir aquí? –preguntó ella, impaciente.

Lo quería todo, y en aquel momento.

Él le dirigió una maravillosa sonrisa y volvieron a besarse apasionadamente. Y de pronto, empezó a besarle el cuello, y a acariciarle un seno. Ella también lo recorrió, aprendiendo sus límites a través del tacto... o más bien, aprendiendo que con él no había límites. Los besos y caricias eran intensos y satisfactorios, pero estaban despertando un apetito al que ella sabía que no podría negarse. Nada de un mañana ni de arrepentimiento. Sólo existía el momento y un deseo tan potente, que resultaba abrumador.

Emily apreció el azul del cielo y el verde de los árboles, todos sus sentidos se recrearon en aquel paraíso. Y él prometía mucho más con cada beso.

Se removió inquieta en la alfombra. Desconocía que se pudiera sufrir de deseo, nunca había experimentado una necesidad tan potente, ni el dolor que provocaba, ni la manera en que el cuerpo podía anular a la razón.

Él gimió, como si también estuviera sufriendo, y como si supiera lo dispuesta que estaba.

–Me encantaría verte desnuda bajo los árboles, pero estos jardines son públicos –anunció–. A menos que desees pasar la noche en el calabozo, tendremos que marcharnos. Ahora.

A ella casi no le importó, se encontraba dividida entre su deseo de que aquel momento no terminara, y el de que llegara el final lo antes posible, la sensación de plenitud.

–De acuerdo –se obligó a responder.

Fue como salir de un agua cálida, cuando ella lo

único que quería era hundirse en sus profundidades de nuevo. ¿Habría alguna droga en la comida? Pero no, el cuerpo y las caricias de él eran los opiáceos.

Luca se puso en pie y le tendió una mano.

–Vamos.

Sus miradas se encontraron unos instantes. Y ella sonrió.

–¿No recogemos esto? –inquirió, sin querer pensar en ello, pero con el hábito de muchos años asumiendo responsabilidades.

Él sacudió la cabeza.

–Ya se ocuparán. No te preocupes.

La agarró de la mano y la condujo a la salida, donde les esperaba un carísimo coche gris. Luca le abrió la puerta a Emily y se sentó a su lado. El conductor puso el coche en marcha. Sólo había unos pocos minutos desde el centro de Verona al hotel, pero estuvieron ocupados mientras, con suavidad, él le hizo girarse, y la besó. Ella no quería detenerse. Y no quería que él se detuviera nunca.

Capítulo Cuatro

Emergiendo del coche algo aturdida, Emily entró en el hotel junto a Luca. Cuando fue capaz de fijarse en lo que la rodeaba, casi se cayó de espaldas. Era más que opulento. De pronto, temió no estar a la altura, con su falda arrugada y su camiseta barata. Era primera hora de la tarde y habían ido al hotel de él para disfrutar de un rato de erotismo. Estaba tan excitada que apenas le sujetaban las piernas, y tuvo la horrible sensación de que todo el mundo lo percibía. Añoró regresar a la tranquila soledad que habían disfrutado en los jardines.

Él pareció percibir su incomodidad: la tomó del brazo y la protegió de las miradas de los de Recepción. Suavemente, la guió hasta el ascensor. No era un toque posesivo, y su sencillez y educación disiparon las dudas de Emily. La trataba con respeto, y ella supo que iba a cuidarla. De repente, nada más importó.

Tampoco la acosó en el ascensor, sólo se mantuvo a su lado en silencio, sujetándola del codo. Sacó la tarjeta-llave y abrió la puerta de su habitación. Emily se sintió aliviada de estar de nuevo a solas con él, y también abrumada: aquello no era una simple habitación, era una suite. Había supuesto que él tenía dinero, pero no hasta aquel punto.

Se giró y lo observó detenidamente. Todos los italianos vestían impecables, ¿verdad?

–¿Has cambiado de opinión? –inquirió él, mirándola igual de atentamente–. No hay problema si no quieres seguir.

Al concentrarse en él, todo lo demás desaparecía. Emily se derritió de nuevo.

–No –dijo, y sonrió traviesa al ver el brillo de sus ojos–. No he cambiado de opinión.

Observó contenta que él relajaba la mandíbula.

–Bien.

–Será el mejor, ¿verdad, Luca? –preguntó, con cierta inseguridad.

Tras haber probado el cielo, no quería decepciones. Eso ya lo había tenido antes.

–Quiero lo mejor –afirmó.

Y así era: quería olvidarse de sí misma durante unos instantes mágicos. Quería una tarde durante la cual poder olvidar el pasado e ignorar el futuro, dejarse de preocupaciones y responsabilidades, y sentir placer libremente. Sería su primera vez, lo había esperado desde siempre.

Él se acercó con paso firme y lento. Le acarició el labio inferior con un dedo, igual que la noche de la ópera.

–No lo dudes.

Emily entrecerró los ojos lentamente, conforme la invadía de nuevo un loco letargo. Era como si sus sentidos prescindieran de todo salvo de él: sus caricias, su voz, su aroma y su determinación.

Era misterioso y mágico, pero ella no quería conocer más de él, excepto su cuerpo. Desde el primer contacto, ambos cuerpos se habían reconocido.

Ella no creía en el amor a primera vista. Pero sí que creía en la lujuria a primera vista. Su cuerpo lo quería de compañero. No le había sucedido nunca. Con las pocas citas que había tenido en su vida, y su ex novio, no había sentido nada. Pero con él era como si le hubiera marcado con su hierro al rojo vivo.

Desde el principio, no podía dejar de mirarlo. Con los ojos entrecerrados, lo vio concentrarse mientras, lentamente, recorría su mandíbula, su cuello y su escote con los dedos. Una vez allí, Emily se tensó a la expectativa, pero él rodeó los pezones en lugar de pasar por encima, haciéndola sisear de deseo.

Los dedos de él continuaron hacia abajo por sus costados y, con cuidado, levantaron la camiseta. Ella elevó los brazos para ayudar y, un instante después, ya no la tenía.

Miró a Luca, sin avergonzarse de la manera en que sus generosos senos intentaban escapar del sujetador, con los pezones erectos, rogando que él los tocara.

Lo vio apretar la mandíbula de nuevo, y notó sus suaves manos en la cintura, buscando la cremallera de la falda. Movió las caderas para ayudar a que la falda bajara. Y entonces se quedó de pie delante de él, esperando que no importara que su sujetador y sus bragas no estuvieran conjuntados.

Él le soltó el sujetador.

Por un momento no ocurrió nada, sólo la miró con atención, cada vez más excitado. Ella estaba a punto de rogarle, cuando posó las manos sobre sus senos, imitando la forma del sujetador, y comenzó a acariciar suavemente los pezones con los pulgares.

Emily abrió la boca, reflejo inconsciente de su deseo de que la saboreara.

Él la miró a los ojos, leyó su expresión y se recreó en el calor de su propio deseo. Y entonces la besó profunda y apasionadamente, explorándola con la lengua. Ella lo acogió, embestida tras embestida, hundiendo las manos en su cabello y sujetándolo así. Él trasladó su beso, siguiendo el camino que sus dedos habían recorrido desde la boca, por su mandíbula, su cuello, hasta llegar al escote y, por fin, hasta las manos que acariciaban los senos. Los juntó para poder lamer ambos pezones al tiempo, y luego los cubrió con su boca.

Emily se apretó contra él, derretida de deseo. Gimió desatada y entonces él se separó.

–¿Quieres que me quite la camisa yo, o lo haces tú? –preguntó jadeante, encendiéndola aún más.

–Permíteme –contestó ella, sin poder resistirse al desafío.

Le costó desabrochar el primer botón, pero luego todo fue sencillo. Fue recreándose en la visión de aquel torso conforme lo desnudaba. Lo recorrió con las manos, sintiendo su calor y firmeza, la aspereza del vello, hasta posarse sobre su corazón, sintiendo su vitalidad. Acarició el pezón con la yema del dedo y observó que se le marcaban más los abdominales. Le quitó la camisa de los hombros. Todo él era músculo fuerte y fibroso.

Entonces, no dudó en descender un poco y quitarle el cinturón. Los pantalones cayeron al suelo y ella se encontró con sus bóxers... y lo que contenían.

Dejó escapar el aire que llevaba reteniendo no sabía cuánto. Con las mejillas ardiendo, intentó liberar la enorme erección. Hasta que, con manos temblorosas, tanto de timidez como de deseo, murmuró:

–Creo que será mejor que lo hagas tú.

Él la agarró de las muñecas y la atrajo hacia sí, entre risas.

–¿No se supone que es la mejor parte?

Ella asintió.

–Estoy segura, pero necesito un momento para acostumbrarme.

Él la besó de nuevo, larga y profundamente y, sin avisar, la tumbó en la cama y se colocó encima. Ella soltó una risita, increíblemente feliz de sentir su peso por fin.

–Creo que deberíamos ir muy, muy despacio –propuso él.

Si aquello era ir despacio, que Dios la ayudara si él decidía acelerar las cosas.

Pero sí que fue lento, repartiendo besos y caricias, como había prometido, por todo su cuerpo. Cuando le quitó las bragas y se acercó a su entrepierna, Emily no pudo evitar removerse, consciente de lo que iba a suceder.

–No seas tímida –la animó suavemente.

Ella inspiró hondo. Era cierto, ¿por qué ser tímida? Después de todo, aquélla era su tarde. Alargó la mano y sintió el fuerte muslo de él. Su apetito por explorarlo aumentó. Le gustaba sentirlo con sus manos, ¿cómo sería recorrerlo con los labios? Así que se puso a ello. Nunca había tenido la posibilidad de explorar un cuerpo así, y comprendió por qué los humanos buscaban la belleza y se recreaban en ella.

Agradeció que él la dejara jugar sin decir nada, observándola, y sintió la tensión creciendo hasta que él se apartó de pronto y abrió el cajón de su mesilla con tal ímpetu que lo tiró al suelo. Daba igual, tenía lo que buscaba. Sonriente, lo vio quitarse los bóxers y ponerse un preservativo. Muy pronto, ella tendría lo que deseaba.

Él asumió el control de nuevo, inmovilizándola con su cuerpo. Y ella lo acogió, deseando que la penetrara.

Pero él no lo hizo todavía. Sonrió como un adolescente y recorrió su cuerpo de nuevo con besos húmedos y largos. Sólo que esa vez llegó hasta su parte más íntima. Añadió los dedos hasta hacerla retorcerse y rogar, a punto de explotar. Ella se agarró a las sábanas, deseando que no acabara todavía, queriendo todo de él, pero incapaz de contenerse.

–No luches contra ello –le ordenó él.

Tampoco podía, se dijo ella, y se rindió por fin a la insistencia de su boca y sus dedos, perdiendo el control con un grito áspero. Todo su cuerpo se tensó conforme el placer invadía cada célula. Mientras se estremecía, él volvió a recorrerla a la inversa: le besó el vientre, contraído de espasmos, y volvió a lamerle los pezones erectos.

Se colocó sobre ella, acariciándole delicadamente la mandíbula. Ella abrió los ojos y se lo encontró observándola atentamente. No podía esconderle nada.

–Tenías razón –admitió jadeante–. Ha sido el mejor.

–No –respondió él muy serio–. Eso sólo ha sido el principio.

Lo dijo con tanta fuerza que casi parecía una amenaza. Medio mareada, ella sacudió la cabeza.

–No creo que pueda...

Y entonces lo sintió, duro y grande, tanteando su humedad. El fuego se apoderó de ella. El corto momento de calma desapareció bajo la tormenta.

Él la agarró por los glúteos, moviéndola para acogerlo, arrancándole un grito de deseo.

–Puedes hacerlo –la animó él suavemente.

Lo que no pudo hacer fue contenerse más tiempo. Dobló las rodillas, abriéndose más a él instintivamente. Ella creía que se había soltado en veces anteriores, pero había sido una ilusión. En aquel momento había traspasado los límites. No se guardó nada: ni pensamientos, ni timidez, ni vergüenza, ni autocontrol, conforme se estremecía debajo de él, absorbiéndolo hasta la última pulgada.

Arqueó la espalda y, la dicha fue tal, que se le escapó un ronco gemido. Suspiró, elevándose para encontrarse con él una vez más, incapaz de creer lo bien que se sentía. Acarició su fuerte espalda, lo besó en el cuello, saboreó la sal en el hueco de su hombro, se recreó en la forma en que aquel cuerpo grande y bello se unía completamente al suyo. Apretó las caderas contra las de él una y otra vez, siguiendo el ritmo que marcaban, cada vez más rápido hasta que alcanzaron una velocidad frenética y sus gemidos salvajes se entrecruzaron. El sudor los bañaba. La temperatura y las sensaciones se elevaron aún más. Ella clavó sus dedos en la espalda de él, haciendo que la embistiera tan fuerte, tan profunda y tan deliciosamente, que gritó hasta alcanzar las estrellas y más allá.

***

–Abre los ojos.

Emily obedeció automáticamente. Al ver el techo, supo que el mundo seguía existiendo... No había estado segura.

–Mírame.

No pudo oponerse.

Él se había recostado en la cama, de manera que ya no la aplastaba con su cuerpo. Maravillada, Emily contempló la diferencia en sus tonos de piel. Ella provenía de un largo invierno, por lo que su color era pálido, mientras que el tono cetrino de él se había realzado con el sol europeo. Sintió el corazón de él latiendo contra su muslo, podía sentir la fuerza de aquel cuerpo entre sus piernas.

Él la miró con expresión impenetrable. Y esbozó una leve sonrisa.

–Eres muy hermosa, Emily.

Ella quiso sonreír, pero no lo consiguió, abrumada de emociones.

–¿Siempre es así para ti?

–No.

Por supuesto que diría eso, era todo un caballero.

–Nunca es así –dijo él ruborizándose, y la besó en la cadera.

Emily estuvo segura de que decía la verdad. Cerró los ojos de nuevo, desesperadamente necesitada de un descanso para recuperarse de la sobrecarga emocional, para negar el lamento de que no habría más que aquel momento.

Luca se tumbó junto a ella, los tapó con la sábana, hizo que ella apoyara la cabeza en su pecho y la rodeó con sus fuertes brazos.

Emily no supo cuánto tiempo durmió. No debía de ser mucho, ya que el sol seguía alto en el cielo. Vio que Luca estaba despierto, mirándola con un deseo intenso, pero no supo qué decirle. ¿Cómo expresar la intensidad de lo que sentía?

Él sacudió la cabeza suavemente, como si lo comprendiera. No deberían hablar, las palabras no les harían justicia.

–Dúchate conmigo –la invitó, levantándose de la cama.

Al contemplar su magnífico cuerpo, Emily se encendió de nuevo. Y debió de resultar muy evidente, porque él sonrió.

–Quiero verte llegar al éxtasis de nuevo.

–Supongo que eso depende de ti –respondió ella, sintiéndose poderosa al ver cómo se la comía con los ojos.

Fue la ducha más exótica y erótica de su vida. Al terminar, aún unidos, él la llevó en brazos de regreso a la cama, donde siguió acariciando su cuerpo hasta lograr una respuesta salvaje, apasionada y casi aterradora por su intensidad.

Se quedaron allí tumbados, medio adormilados, durante un rato. Por fin, Emily se estiró, dolorida pero feliz.

–Será mejor que regrese al albergue.

Él no se opuso. Se vistieron en silencio. Mientras salían, a ella no le importó lo que pensaran los demás, su felicidad era demasiado grande.

Sólo cuando estuvieron fuera, habló él:

–¿Mañana vuelas a Londres?

–Sí –respondió ella sin mirarlo a la cara.

Aquello había sido lo que había sido, algo increíblemente maravilloso, y no había más que decir.

Luca la acompañó por las calles, luchando por recuperar el control sobre sus emociones. Ella había hecho trizas todo su autocontrol y su cautela. Él había esperado un entusiasmo sencillo y dulce, y se había encontrado con una pasión vehemente que lo había sacudido hasta lo más hondo.

Quería más. La deseaba. Menos mal que ella se marchaba. Porque, a pesar de su respuesta tan profunda, era joven e inexperta y él sería un canalla si se aprovechara más de lo que ya lo había hecho. Las aventuras que él tenía eran ocasionales, fugaces, y sólo con mujeres acostumbradas a ese juego. Emily no era una de ellas. Era muy hermosa, la persona más sensual que había conocido... y la más peligrosa. Porque, si había logrado que él se abriera completamente en una sola tarde, ¿qué conseguiría si se veían de nuevo? Él había pasado casi una década sepultando sus emociones, y no tenía ninguna tolerancia para ese tipo de riesgo. Ya se había entregado y había perdido demasiado antes, y no iba a arriesgarse a que le sucediera de nuevo.

Tal vez debería sentirse culpable, pero no lo conseguía. Había visto la sensación de plenitud en la mirada de ella, una plenitud que él le había proporcionado, y se había sentido poderoso. Ella se la había pedido, la había aceptado, comprendiendo sin preguntar por qué, que esa tarde sería lo único que podrían tener. Irónicamente, eso le molestó. ¿Por qué ella no deseaba más?

Llegaron frente al albergue. Emily lo miró, aún con expresión de satisfacción. Sonrió con serenidad y él quiso capturar esa sonrisa en su recuerdo para siempre.

–Gracias, Luca. Ha sido el mejor, ¿no crees?

Él asintió, incapaz de hablar. La sujetó por la barbilla y la besó. Su intención era un dulce beso de despedida, para poner fin a una tarde aún más dulce. Pero al sentirla entreabrir los labios, no pudo evitar ir más allá. La sujetó por la nuca y la atrajo hacia sí. Exploró su cálida boca con la lengua. Y al oírla gemir, casi se volvió loco.

Se separó de ella, se perdió en sus ojos verdes una última vez y se despidió, casi sin aliento:

–*Ciao, bella.*

Luego, se giró de espaldas y echó a andar. Algo en su interior lo mandaba volver, pero resistió con la determinación que lo había llevado a la cúspide de su competitivo negocio. Eso sí, sacó su teléfono móvil. Tal vez no la viera de nuevo, pero no pudo reprimir el deseo de asegurarse de que su llegada a Londres era segura. No pudo reprimir la necesidad de que estuviera a salvo.

Capítulo Cinco

Las luces de Londres parecían alargarse indefinidamente. Emily tenía la impresión de que llevaban horas sobrevolando la ciudad. ¿Cuándo aterrizarían? Los nervios le aceleraron el pulso, en parte de emoción, en parte de ansia. Por primera vez en su vida, no sabía lo que iba a hacer a continuación.

Luca dominaba sus pensamientos. Y su cuerpo, irritado y dolorido, le recordaba con cada movimiento la pasión que habían compartido. No se arrepentía ni se avergonzaba, todo había sido tan natural... Su parte romántica deseba que hubiera durado, que hubiera habido más. El beso frente al albergue había alimentado aún más su deseo. No se imaginaba respondiendo con tanta entrega a nadie que no fuera él.

Maldición. Él estaba en Italia y ella en Inglaterra. Y nunca volverían a verse.

Se obligó a concentrarse en Kate. Iban a Londres a que alcanzara el éxito, y lo haría porque no había nada más importante para ella. Le gustaba poder ayudarla: la acompañaría tocando en sus audiciones, la ayudaría a practicar... Llevaba toda la vida colocando a los demás por delante de ella. Pero sabía que debía solucionar sus propios problemas pronto, en cuanto su hermana se estabilizara. Porque su vida iba a cambiar, después de Luca ya nada sería igual.

Sonrió, al tiempo que el avión aterrizaba.

A la salida del aeropuerto, Kate advirtió que un chófer sostenía un cartón con sus nombres. Emily se acercó a él, con el corazón disparado, preguntándose qué mensaje tendría para ellas. El hombre las saludó con una inclinación de cabeza y una amplia sonrisa.

—Me han encargado llevarlas a donde deseen.

Era italiano. Emily casi se quedó sin aliento. ¿Podría llevarlas a Italia? ¡Sí, por favor!

—¿Quién se lo ha encargado? —inquirió, sin atreverse a soñar con la respuesta.

—Luca Bianchi.

A Emily le invadió la alegría.

—*Grazie* —respondió tímidamente, sonriendo.

¿Luca había organizado aquello? ¿Cómo?

El conductor sonrió más ampliamente, se hizo cargo de las maletas y las condujo al coche. Kate rió feliz. No se trataba de un taxi, sino de un coche elegante y potente, más grande incluso que el que utilizaba Luca en Verona.

Emily se sintió una farsante al llegar al modesto alojamiento en un coche tan lujoso.

Mientras sacaban las maletas, no supo si debía o no dar propina al chófer, así que sacó el monedero para curarse en salud. Él lo vio y negó con la cabeza.

—No, por favor. Luca es un buen jefe, pero me despediría en el acto si acepto dinero de usted —informó, y dejó las maletas en Recepción.

Emily se ilusionó de pies a cabeza. ¿Dónde estaba Luca? ¿Qué quería? Pero no hubo ningún mensaje, ninguna nota, nada. Y el chófer, su último enlace con él, sonrió y se marchó sin más.

Para cuando Emily subió a su habitación, Kate ya se había apropiado de la litera de arriba y estaba sacando un sobre. Uno que Emily había visto demasiadas veces para su gusto.

–¿Crees que es muy tarde para telefonear a este hombre?

–¿A ti qué te parece? –respondió, incapaz de disimular su enfado, mientras señalaba la noche oscura.

Kate no se dio cuenta. Leyó la nota por millonésima vez.

–Creo que todo va a salir bien. ¡Fuimos muy afortunadas de conocerlo!

Emily ya no estaba tan segura. Contempló la letra firme de Luca, facilitando los detalles de un directivo en un sello discográfico internacional. Le dolía la manera en que él había movido los hilos en favor de su hermana, y sin embargo con ella no había hecho ningún intento de seguir en contacto. De hecho, la nota que le había dado a Kate estaba escrita en papel de carta de un hotel, sin una dirección, un e-mail ni nada que le permitiera ponerse en contacto con él de nuevo. Él le había dicho que sólo podía ofrecerle un recuerdo y, aunque su mente lo aceptaba, su corazón no lo conseguía. No podía dejar de preguntarse por qué había enviado a su chófer. ¿Y por qué no le había dejado un mensaje?

El dolor no se iría fácilmente, ni tampoco morirían enseguida sus esperanzas.

–Vete a dormir, Kate –murmuró, y se echó en la litera de abajo.

Intentó no hablar ni pensar en él, y deseó poder apartarlo y contemplarlo como un recuerdo. Falló en dos de las tres cosas.

***

Tres semanas después, Emily caminaba tranquilamente de regreso al albergue. Se hallaba en el mismo punto que cuando había aterrizado. En teoría, debería haber encontrado un empleo pronto. Había trabajado muchos años, al principio como dependienta, había ido subiendo hasta alcanzar el puesto de gerente y tenía fabulosas referencias. Pero, en lugar de ella, había sido Kate quien había conseguido empleo en una tienda de música, quien se había alquilado una habitación y quien había telefoneado al contacto de Luca. Las cosas empezaban a cambiar. El hombre había estado esperando esa llamada, la habían invitado a una audición y ella los había impresionado.

Sin embargo, a Emily no le había sucedido nada parecido. Pero había sido decisión suya. Después de lo ocurrido en Italia, de experimentar ese placer, descubrir una identidad aparte de Kate, darse cuenta de lo que se había estado perdiendo... lo último que quería era recrear la vida que tenía en Nueva Zelanda. Quería una vida nueva, suya, y por eso no había buscado empleo de dependienta. Tan sólo necesitaba decidir qué tipo de empleo deseaba, algo que no era tan fácil. Pero había ahorrado mucho, podía vivir frugalmente y así disponer de más tiempo para pensárselo.

Se paseaba por las calles y los lugares turísticos, empapándose de todo. Sabía que no quería regresar a Nueva Zelanda, pero tampoco estaba segura de querer quedarse en Londres. Así que exploraba la ciudad mientras podía.

No tener ninguna responsabilidad le provocaba una sensación extraña. Por primera vez en su vida, no tenía que cocinar para nadie, ni cuidar de nadie. No tenía horarios ni obligaciones. No tenía ninguna exigencia real. ¿Acaso no había soñado con eso desde hacía mucho? Por fin, era libre de observar y no hacer nada.

Pero estar sola, sintiéndose sola a veces, no era tan divertido como debería haber sido.

Oyó cerrarse una puerta cerca y se giró. Reconoció el coche gris. Tuvo que esforzarse para seguir caminando en línea recta, pero se rindió, deteniéndose y viendo a Luca llegar a su lado.

–Emily...

Su acento extranjero era más pronunciado que la primera vez que habían hablado. Ella se mordió el carrillo por dentro para contener el impulso de ir hacia él y decirle lo mucho que se alegraba de verlo, porque no estaba segura de qué hacía él allí. ¿Realmente estaba allí?

Él dio otro paso y la tomó de la mano.

Era él, real, lleno de vitalidad y con un traje tan ajustado, que ella tuvo que cerrar los ojos un instante.

–¿Qué haces aquí?

¿Esa voz suave era la suya?

–Quería ver cómo te iba –murmuró él e inspiró hondo–. Todavía vives en el albergue.

–Sí.

–Sin embargo, Kate vive en un piso. ¿Cómo ha sucedido?

Ése era Luca, siempre directo al grano. Emily advirtió el juicio en su pregunta. Debía de haberse enterado por su colega de la industria musical.

–Es joven –comenzó Emily–, y está disfrutando la libertad de la vida adulta. No la juzgues.

–¿Qué me dices de tu libertad? ¿Qué hacías tú cuando tenías dieciocho años?

–Lo mío fue diferente. Me alegra que Kate no tenga que enfrentarse a lo mismo que yo.

Kate había hecho amigos, estaba trabajando duro y divirtiéndose. ¿Por qué no iba a hacerlo?

–Tal vez. Pero no ha mostrado ni una pizca de lealtad.

–Yo le dije que se marchara.

Nunca había querido retener a Kate, su único objetivo había sido verla volar. Tan sólo, no esperaba que sucediera tan pronto.

–Aun así, no debería haberlo hecho. Su familia debería significar más para ella.

La parte dolida de Emily estaba de acuerdo con él, pero no podía decírselo, no podía admitir los fallos de Kate; su propio sentido de lealtad no se lo permitía. Darse cuenta de que su hermana pequeña ya era adulta y no la necesitaba, la había herido en lo más vivo, sobre todo porque la había pillado desprevenida. Era ella quien todavía estaba decidiendo qué rumbo quería tomar, y no necesitaba que él insistiera en ese punto. ¿Qué estaba haciendo él allí?

–He estado en Milán.

Luca cambió bruscamente de tema al ver que ella se entristecía. No había pretendido herirla, sólo quería saber qué estaba ocurriendo.

–Volví a Londres ayer por la noche –añadió.

No le contó que había adelantado su regreso casi

una semana porque necesitaba verla. Y, una vez que la tenía delante, se moría de ganas de tenerla entre sus brazos. Quería ver fuego en su mirada, no el dolor que ahora destilaba.

Pero ella se había quedado inmóvil. Tal vez él no debería haber mencionado a Kate, pero se había quedado perplejo al enterarse de que la joven se había mudado con otros aspirantes a artistas y casi se había olvidado de Emily. Había mandado a su chófer al aeropuerto para que llegaran sanas y salvas a su albergue, pero también para conocer dónde se alojaban. Desde el principio, había sabido que volvería a ver a Emily.

–¿Volviste a Londres, dices? –preguntó ella mordaz–. Creí que vivías en Italia.

Él nunca le había hablado de eso. Ciertos remordimientos tiñeron su respuesta.

–Prácticamente estoy afincado en Londres, pero paso mucho tiempo en Milán. De ahí voy a Verona.

La vio asentir, pero no estaba seguro de que lo hubiera escuchado.

–¿Por qué no me lo dijiste antes?

–No hubo tiempo.

Era una excusa patética, y sabía que ella lo sabía.

–¿Por qué no intentaste localizarme? Ni siquiera me pediste el e-mail, ni mi teléfono –replicó ella, con las mejillas encendidas.

–Quería que se terminara –respondió él, con el pulso acelerado y los sentidos agudizados.

No podía dejar de mirarla.

–Entonces, ¿por qué estás aquí ahora?

Sus dedos temblorosos la delataron.

–Porque te echaba de menos.

Luca notó cómo todo su cuerpo se tensaba ante aquella admisión, y ante su deseo. Tuvo que luchar contra el impulso de atraerla hacia sí y fundirse con ella a la perfección.

–¿Y qué más?

¿Era furia o pasión lo que imprimía ese brillo a sus ojos verdes? Él no pudo resistirse, no pudo contener sus palabras.

–Porque quería verte de nuevo.

–Pues ya estás viéndome.

–Ya sabes a qué me refiero.

–¿Quieres volver a hacer cosas malas conmigo? –lo desafió ella, mirándolo intensamente.

–¿Cosas malas? –repitió él, devolviéndole el desafío.

Ella cerró los ojos.

–Cosas salvajes.

Había sido una tarde salvaje y maravillosa, pero él se negaba a considerarlo algo malo, ambos lo habían deseado. Todavía lo deseaban, sólo tenía que lograr que ella lo admitiera. Lo único que quería era otro revolcón juntos. Odiaba admitirlo, pero una vez no había sido suficiente.

–Dí que sí, Emily, y podríamos repetirlo.

Emily luchó contra la satisfacción que la invadía. Él todavía la deseaba. Había ido a buscarla por esa razón: un deseo implacable.

¿Acaso ella no llevaba días sufriéndolo también? Pero intentó que su lado racional se impusiera al instinto básico que la dominaba. Aquello era diferente, podía terminar en un problema. Tal y como había sucedido, ella se había sentido en inferioridad. Aquella vez tenía que ser diferente, tenía que haber más.

Inspiró hondo y habló lentamente.

–Esa tarde tuvo de todo, fue perfecta. ¿Deberíamos arriesgarnos a arruinar su recuerdo?

–Sí –afirmó él sin dudar.

–¿Por qué?

Él se acercó un paso más.

–Porque no fue perfecta. Nos quedamos con ganas –respondió, inclinándose sobre ella.

Emily sintió un cosquilleo en los labios ante la cercanía y los recuerdos del pasado mezclándose con el presente. Le parecía natural y adecuado ir un poco más allá.

Posó su boca sobre la de él. La habría entreabierto y lo habría acogido si él no se hubiera apartado. Pero lo hizo, unos centímetros, y ella no pudo controlar su gemido de frustración.

Luca sonrió levemente y la miró con determinación.

–¿Lo ves?

A su alrededor, pasaban los trabajadores regresando a sus hogares, yendo al gimnasio, a sus actividades tras una dura jornada en la oficina. Pero en el espacio en el que Emily y Luca se encontraban, había quietud, aparte de su respiración pausada.

–Vamos a cenar –sugirió él.

–No voy vestida para ir a un restaurante.

Vio que él la recorría con la mirada y supo lo que estaba pensando: encantado, él se la merendaría allí mismo.

–Cena. Ahora –dijo él, como si hubiera perdido la capacidad para formar frases.

–De acuerdo.

Igual que ella había perdido la capacidad de pensar.

Conforme Emily miraba por la ventana, todo su cuerpo se estremeció al recordar el éxtasis alcanzado. Sólo podía atender a su pulso acelerado, no a las razones de su mente. Una parte de su tensión provenía de cautela, el resto de añoranza. Él tenía la vista clavada en la carretera y el ceño fruncido, demasiado concentrado para el poco tráfico que había.

–¿Has tenido mucho trabajo? –preguntó ella.

Era algo sin importancia, pero necesitaba romper el silencio.

–Mucho –respondió él, y fue evidente que se esforzó por continuar–. Siempre hay mucho que hacer, pero en las dos últimas semanas las cosas han sido una auténtica locura. ¿Y tú? ¿Has encontrado empleo?

–No he buscado mucho. Todavía estoy decidiendo a qué me quiero dedicar.

–¿Y estás disfrutando de no trabajar?

–No echo de menos estar de pie todo el día –dijo ella y rió–. Es extraño no tener que estar en algún sitio a una hora concreta, ni tener la obligación de socializar.

Había pasado más de un día sin hablar con nadie, en aquella ciudad superpoblada.

–¿Qué has hecho estos días?

–Caminar, hacer turismo. Hay muchas cosas que ver en Londres.

–Total, que te has pasado de pie todo el día –bromeó él.

–Es un poco diferente –dijo ella con una sonrisa.

Al poco tiempo, estaban de regreso en el corazón de la ciudad. Luca dejó el coche en el aparcamiento y acompañó a Emily a la puerta de su casa. Al entrar, desactivó la alarma. Ella accedió a un vestíbulo acogedor y espacioso, de colores relajantes y suelo de madera. Amplia, de techos altos y puertas grandes, y con una larga escalera, la casa era muy bonita.

Luca no se detuvo a hacerle un recorrido, la llevó directamente a la cocina al fondo de la planta baja y encendió el horno. Luego sacó una botella de vino tinto y un paquete de grisines. Emily observó cada movimiento lleno de seguridad de aquel cuerpo bello y fuerte. Se le estaba haciendo la boca agua, y no era por la comida.

Lo vio sacar una bandeja del horno repleta de verduras, asadas a la perfección, como acompañamiento a un trozo de carne en el centro.

–¿Algo que habías preparado antes? –inquirió, maravillada.

Él esbozó una medio sonrisa.

–Tengo asistenta, Micaela. Trabaja de lunes a viernes, y los fines de semana cuando es necesario.

Por supuesto que él tenía empleados en su casa, a ella le parecía bien. Había sido idea suya, igual que el picnic en Verona. Los recuerdos activaron sus músculos. Emily agarró el paquete de grisines, lo que fuera con tal de mantener las manos lejos de él. El dolor de su interior iba en aumento: lo tenía tan cerca, y lo deseaba tanto...

–¿Tienes hambre? –preguntó él, atento a la bandeja hasta dejarla en la mesa de la cocina.

Emily respondió con un sonido, porque no se sentía capaz de hablar. Tenía la voz ronca de deseo.

Él se giró y la fulminó con sus atentos ojos:

–No te contengas, Emily.

Ella se liberó de aquella intensa mirada y sacó otro grisín del paquete.

Entonces, él dio dos pasos y se internó en su espacio, obligándola a mirarlo. Emily supo que comprendía lo mucho que lo deseaba. Y, como para probarlo, él le acarició el cuello, bajó por su escote y posó una mano en su seno, acariciándole el pezón erecto igual que semanas antes.

El colín se hizo pedazos.

Una sonrisa iluminó el rostro de él. Su otra mano se deslizó pierna arriba, debajo de la falda y hasta las bragas. Emily ahogó un grito de placer cuando él rebasó el elástico y empezó a acariciarla en su cálida humedad.

–Luca...

–Si estás hambrienta, Emily –le instruyó él solemnemente–, no deberías contenerte. Nunca.

Así que no lo hizo, no podía. Por dentro era lava pura. Siempre se había creído racional, juiciosa, fría, pero estaba toda excitada y ardiente. Comenzó a mover su pelvis contra la mano de él, lo besó con la boca entreabierta y ansiosa, lo recorrió con sus manos.

Él gimió conforme introducía más profundamente sus dedos.

–Llevo deseando hacer esto de nuevo desde que te dejé en Verona.

–¿Y por qué has tardado tanto?

–Soy terco.

–¿Por qué quieres luchar contra ello? –inquirió ella jadeante.

Le bajó los pantalones bruscamente y le rodeó el miembro con las manos, íntima y exigente.

Todo se desató: el beso fue duro y apasionado, y sus manos provocaron mucho más, hasta que ambos estaban temblando. Los dientes mordisquearon, las lenguas penetraron, y a pesar de eso, para ella no era suficiente. Gimió cuando él separó su boca.

–Así no es como... –dijo, y al mirarla a los ojos el fuego explotó entre ellos, incandescente e imparable.

Sonriendo, ella lo agarró de la nuca y lo atrajo hacia su boca hambrienta. Pasaron momentos, minutos, horas, perdidos en otro beso tan apasionado que casi dolía.

Él la sujetó de los brazos.

–No. Antes tenemos que hablar. Y antes de eso, deberíamos comer.

–No voy a desmayarme por no comer todavía. Hablemos entonces –le espetó ella, frustrada.

Él la miró intensamente.

–Esto sólo puede ser una aventura, Emily. Es todo lo que puedo ofrecer.

–¿Por qué?

¿Por qué poner límites antes de que realmente hubiera comenzado? ¿Por qué no esperar a ver por dónde transcurría?

Silencio. Y la mirada de él cada vez más sombría.

–¿Alguien te hizo daño, Luca?

–Mucho.

–Yo no te haré daño.

Él le gustaba. Quería conocerlo más.

–Lo sé –afirmó él rotundo–, porque no te lo permitiré.

La soltó.

–Pero yo tampoco quiero hacerte daño a ti.

–¿Quién dice que lo harás?

Posó sus manos sobre el pecho de él, molesta por su arrogancia.

–Tal vez lo único que quiero de ti es eso, sexo apasionado y nada más.

Él la miró con el ceño fruncido.

–Ya que estamos siendo sinceros, déjame aclarar algo: yo no tengo pareja, no me comprometo. Estuve casado una vez y no lo repetiré.

Ella se tensó, absorbiendo el impacto de aquellas palabras, pero él continuó con su brutal sinceridad.

–Nada de compromiso, Emily. Nada de ataduras. Sabiendo eso, ¿deseas continuar?

Ella miró sus ojos sombríos, sus rasgos, su piel cetrina, su boca carnosa.

¿Sólo unas cuantas noches de enloquecedora pasión? Ya era demasiado tarde.

–¿Acaso no acabo de decirlo? Sexo apasionado y nada más. Digamos que te considero mi aventura amorosa vacacional.

–¿Estás segura?

–Sí.

–Entonces, que así sea –dijo él, e impidió cualquier otro pensamiento con pocas palabras y mucha acción.

Sus manos invadieron íntimamente el cuerpo de ella, su boca la buscó ansiosa, bloqueando cualquier otra cosa que no fueran puras sensaciones.

Aquella pasión, nacida de deseo contenido y repentina ira, la acercó rápidamente al clímax. De nuevo, posó sus manos en lo que deseaba tener en su interior y lo atrajo hacia sí, cada vez más rápida y firmemente.

Él se puso un preservativo y, ambos vestidos, con la cena esperando, se entrelazaron íntimamente, a un ritmo frenético y desesperado para alcanzar el placer. Segundos después, sus cuerpos se estremecían violentamente.

Tras el eco de sus gritos, sólo se oía su respiración acelerada. Emily abrió los ojos y advirtió cierto arrepentimiento en los de él.

–Vaya... –murmuró él–, creo que eso era el aperitivo.

Ella inspiró hondo, dio un paso atrás, se apoyó en la encimera a su espalda e intentó comportarse con normalidad, como si aquel derretirse fuera algo habitual.

–Estoy deseando probar el plato principal.

Él enarcó las cejas.

–Pues yo estoy deseando llegar al postre.

Emily se ruborizó. Ella no había pretendido... Vio que él le guiñaba un ojo y, con las mejillas encendidas, se dio la vuelta y se arregló la ropa. Cuando hubo reunido el valor y la calma para girarse de nuevo, vio que él también se había recompuesto.

Luca se concentró en servir la cena, rápida y eficientemente. Emily se concentró en respirar y mantenerse en pie.

–¿Estás bien? –le preguntó él.

–Eso creo.

–Comamos, ¿de acuerdo?

La cena fue divina: carne que se deshacía en la

boca, verduras marinadas... pero la mente de Emily estaba demasiado acelerada como para apreciarlo de verdad.

Él sujetó el tenedor con la mano izquierda, mientras con la otra mano agarró la de ella. No de manera posesiva ni sexual. Era simplemente un deseo de estar en contacto. Ella lo apreciaba, necesitaba esa conexión. Aunque entre los dos no hubiera algo a largo plazo, necesitaba saber que se cuidaban mutuamente.

–¿Tienes teléfono móvil?

–La semana pasada me compré uno de prepago.

Para responder a las llamadas de agencias de empleo a las que todavía tenía que apuntarse. Para mantener el contacto con su hermana, que estaba demasiado ocupada como para preocuparse por ella.

–Voy a darte mi número –anunció él, tras retirar los platos, tomándola en sus brazos–. Esta vez no me conformaré con un solo bocado, quiero el banquete completo.

La besó apasionadamente y la llevó en brazos a una habitación fresca e impersonal.

–¿No es tu dormitorio? –inquirió ella, con la visión borrosa.

–Mi dormitorio está desordenado, no puedo permitir que lo veas en ese estado –respondió él, y la besó de nuevo, hasta que a ella dejó de importarle nada que no fuera tenerlo dentro de sí.

Después, tumbada exhausta y satisfecha, Emily empezó a preguntarse qué sucedería a continuación. Decidió tantear el terreno.

–Debería regresar al albergue.

Él, a su lado, no dijo nada.

–Todas mis cosas están allí –añadió ella.

–Te llevaré.

Emily se dijo que no debería sentir aquella desilusión, cuando la esperaba, pero igualmente se le encogió el corazón. Él no quería que se quedara ni siquiera el resto de la noche. Su aventura tan sólo suponía cubrir una urgencia, rascarse la herida y nada más.

Se vistió rápidamente, mientras él se marchaba a cambiarse de ropa, negándose a permitir que el vacío que sentía acabara con su satisfacción. Según bajaba al salón, su corazón se endureció. Aquello era su regalo, ¿no se acordaba? Era su oportunidad de dar y recibir lo que ella deseaba. Y todavía lo deseaba.

Él estaba esperándola, vestido con vaqueros y camiseta, totalmente apetecible.

El trayecto al albergue transcurrió en silencio. Al llegar, él detuvo el coche en la puerta y se desabrochó el cinturón de seguridad.

–No entres –rogó ella, queriendo conservar algo del placer que habían experimentado.

Él no la besó, pero la miró tan ardientemente que fue como si lo hubiera hecho.

–Estaré en contacto.

Capítulo Seis

Cuanto Luca más pensaba en ello, menos le gustaba. Y se pasaba el día entero pensando en ello. Emily no podía continuar allí, pero la solución no era mejor: en cualquiera de los casos, él se encontraba en una situación incómoda. Inevitablemente, igual que había sucedido anteriormente, ganó el deseo.

Entró en el salón del albergue a grandes zancadas.

–Recoge tus cosas.

–¿Perdona?

Eran las nueve y media de la noche. Emily estaba sentada en la sala común, comiéndose una tostada y leyendo el periódico.

–No deberías alojarte aquí. No es seguro –gruñó él–. Está lleno de desconocidos. No permitiría que mi hermana se alojara en un lugar así.

–¿Tienes una hermana?

–No, pero si la tuviera, no le permitiría quedarse aquí.

–¿No se lo permitirías?

Él ignoró la acusación velada.

–Vamos, recoge tus cosas. Te vienes a casa conmigo. Cuando estabas con tu hermana era diferente, pero ahora eres una mujer sola en este sitio.

Ella le bloqueó el paso.

–¿Y no crees que trasladarme a casa de un extraño es más arriesgado?

Él la miró perplejo.

–Yo no soy un extraño. Y sabes que no tienes nada que temer de mí.

Vio que se quedaba pensativa.

–Ahorra ese dinero y quédate conmigo –insistió él, sabiendo que casi la tenía ganada–. Soy tu aventura de vacaciones, ¿cierto? ¿Por qué no me dejas proporcionarte el paquete completo: habitación, comida y entretenimiento? Tómate tu tiempo para decidirte acerca de un empleo y un piso. No me importa.

–Eres muy generoso, Luca –dijo ella, arrastrando las palabras–. ¿Y tú qué sacas de todo esto?

–Lo que los dos estamos pensando.

Su casa era su santuario: tranquilo, relajante y suyo. Pero durante unos días, tendría que adaptarse. Su deseo era demasiado fuerte, estaba rompiendo las barreras que había erigido años atrás. Además, no descansaba tranquilo sabiendo que ella estaba sola en aquel albergue. Su privacidad y su soledad ya las recuperaría... después.

–Sabes que no puedo negarme.

–Contaba con eso.

¿Realmente no tenía nada que temer?, se preguntó Emily. Ni ataduras, ni compromiso... ¿Vivir juntos no haría más difícil mantener esa distancia? Pero no podía resistirse a aquella oferta, que además era generosa. Aunque era una mujer moderna, capaz de vivir en el albergue, no pudo evitar su respuesta instintiva de agradecimiento por aquel deseo masculino de protegerla. Aquello no sería tan arriesgado, pero sí temerario. Y ella nunca había sido temeraria, hasta aquel día en Verona. El hedonismo de entonces, el estado de ánimo vacacional, la envolvían, haciéndole recordar el cálido sol de Italia, la felicidad de estar en brazos de él... ¿Por qué no prolongar esas vacaciones un poco más? ¿Acaso no se lo merecía?

—Su habitación, damisela —anunció él, dejando su maleta en el dormitorio que habían compartido la noche anterior.

El dormitorio de invitados. Por tanto, se mantendrían las barreras, no dormiría en la cama de él, se dijo Emily. Se acercó a la ventana: la noche anterior no había reparado en las vistas al jardín privado.

—Te mostraré dónde está la llave. Puedes salir a leer el periódico por la mañana. Es muy agradable —comentó él y la agarró de la mano—. Voy a enseñarte el resto. Ya conoces la cocina, y tienes tu propio cuarto de baño junto al dormitorio, así que veamos dónde está tu entretenimiento.

—Creí que tú eras mi entretenimiento.

—Te entretendré una y otra vez. Pero esto otro será para cuando esté en el trabajo.

Si todas las noches iban a ser como la pasada, ella aprovecharía ese momento para recuperarse, pensó Emily. Lo siguió a un amplio salón con un gran sofá frente a una estantería llena de libros.

—Elige el que quieras. Aunque, si no te gusta leer...

Apretó unos botones en un mando a distancia y las estanterías se separaron, revelando una gigantesca pantalla de televisión.

—Muy inteligente.

–Muy Batman, ¿no crees? –bromeó él–. Los DVDs están en ese armario. Tengo una colección razonable, pero si quieres ver alguna otra cosa, avísame y haré que me la envíen.

¿Una colección razonable? Había miles de DVDs, casi más que en el videoclub donde ella había trabajado. Aunque casi todos eran de acción y suspense, había pocas comedias románticas. Tal vez su ex mujer se las había llevado al separarse. Emily sentía una profunda curiosidad por aquella parte de la vida de él. ¿Qué había sucedido? Le había preguntado alguna vez, pero cuidándose de no fisgonear demasiado: había auténtico dolor en su mirada cuando hablaba de aquello, y ella no quería estropear el ambiente desenfadado de aquel momento. Sobre todo, porque intuía que aquello no era habitual para él. Y tampoco era habitual para ella.

–Puedes ver tantas como quieras.

–¿Esperas que me maneje con tantos mandos a distancia? La cadena de música, la televisión, el reproductor de DVD, las persianas...

Él rió y señaló las puertas dobles en la pared del fondo.

–Por ahí se llega a una habitación que no suelo utilizar a menos que tenga alguna reunión. Y ahora, sígueme, he dejado lo mejor para el final.

¿Su dormitorio? Emily sentía una gran curiosidad al respecto. Pero no subieron, sino que bajaron un piso. Se encontraron con una puerta cerrada. Luca introdujo un código de seguridad.

–Te daré el número.

–Voy a necesitar un manual de doscientas páginas para recordar cómo funciona este lugar.

–No será para tanto.

–¿Por qué tanta seguridad?

–La asistenta tiene un hijo pequeño que no quiero que entre aquí sin supervisión.

¿Qué demonios había ahí dentro?

–¿Y dices que no tenía nada que temer? Déjame adivinarlo, es una habitación insonorizada y llena de guitarras eléctricas y batería, porque en realidad te encanta el *heavy metal*.

Él negó con la cabeza.

–¿Una bodega?

Él sonrió.

–Tengo unas cuantas botellas arriba, pero lo mejor de mi colección lo guardo fuera de aquí. Lo creas o no, esto es mucho más divertido –le aseguró y abrió la puerta.

Emily parpadeó al encenderse las luces. Nunca se habría esperado algo así: el agua estaba iluminada desde dentro, la habitación era cálida y tenía bonitos adornos pintados en las paredes.

La piscina tenía dos calles de ancho y media de largo lo mismo que la habitación.

–Por allí hay un gimnasio y allá, un aseo –informó él, llegando a la cabecera de la piscina–. Bonito, ¿verdad?

Se quitó la camiseta, los zapatos y el cinturón.

–Muy bonito –dijo ella, sonriendo más ampliamente al verlo quitarse los pantalones y los calzoncillos–. Muy, muy bonito.

Él le guiñó un ojo y se tiró a la piscina. Salió a la superficie varios metros más allá, llenándolo todo de gotas al sacudir la cabeza.

–¿No vienes?

Ella se quedó en el borde y se le ocurrió una pobre excusa.

–No he traído bañador.

–Emily, aquí no lo necesitas.

De acuerdo, tendría que ser sincera.

–Lo cierto es que me da un poco de miedo el agua.

–Vienes de una isla. Creí que todos nacíais sabiendo nadar.

–Sé nadar, pero me da miedo cuando mis pies no tocan el fondo. Y tu piscina parece muy profunda.

–Lo es, pero puedo solucionarlo para ti. El suelo es ajustable. Así puedo practicar buceo. ¿Alguna vez lo has hecho? Los jardines marinos son tan bonitos como los árboles y las flores de superficie.

–No creo que eso sea para mí –confesó ella–. Me asustaría no poder salir a la superficie.

–Vamos, métete, en este extremo es poco profundo –la animó él–. Imagínatelo como una bañera gigante.

Era demasiado bello para resistirse. Al igual que él.

–Pero a lo profundo no voy –advirtió ella, intentando olvidarse de su timidez conforme se desnudaba.

Se sintió mejor cuando él se acercó nadando, más encendido cuanto más la veía desnudarse.

Emily se acercó a la escalera.

–¿No te gusta arriesgarte? –inquirió él, tendiéndole la mano.

–Nunca he estado en una posición que pudiera permitírmelo –respondió ella, dejando que la metiera en el agua.

–Ahora sí que puedes.

Cierto, y ya estaba asumiendo un gran riesgo.

De pronto, el suelo de la piscina desapareció bajo sus pies.

–Agárrate a mí –le dijo él, haciendo que lo abrazara del cuello.

Sus cuerpos chocaron, calientes y mojados, y ella le rodeó la cintura con las piernas. Él empezó a nadar.

–¿No te asusta nada? –preguntó ella.

Parecía tan fuerte y seguro de sí mismo...

–Me asusta lo que ocurre fuera de mi control, pero que tiene impacto en mi vida.

–¿Como un huracán?

Él rió.

–Huracanes humanos.

–¿Como perder a tu madre?

–Supongo –respondió él, sin risas esa vez.

–¿Cómo fue el internado?

Debía de haberse sentido muy solo.

–De hecho, no fue tan malo. Tuve buenos profesores, estabilidad, ya que año tras año volvía al mismo lugar, con la misma gente. Mi padre me pagó la mejor educación y todos los extra que quise: natación, esquí, buceo. Estudié mucho, pero también lo pasé bien. Seguramente, mejor que tú. ¿No había nadie para cuidaros a Kate y a ti?

–Un hermano de mi madre, pero vivía a varias horas y no podía ayudarnos. Nosotras dos nos las arreglamos. Yo tenía a Kate.

Clavó la vista en el agua.

–Dentro de poco estarás nadando como una sirena –dijo él con una sonrisa, acercándose al bordillo.

–Una sirena que nada donde no es muy profundo –añadió ella, subiendo la escalera.

Una vez arriba, giró y rompió a reír: Luca estaba

de pie con el agua por la cadera, su erección emergiendo como un misil y una expresión traviesa en el rostro. Salió de la piscina subiéndose al bordillo.

–Te va a gustar la ducha que hay allí.

Emily durmió más que nunca en su vida. Cuando despertó, se quedó tumbada, a la escucha de algún sonido de movimiento, pero Luca debía de haberse marchado a trabajar hacía horas.

Se duchó, quedándose un buen rato bajo el agua caliente para aliviar los dolores de la pasión de Luca. Se vistió lentamente, sin saber qué quería hacer ese día. No había tenido vacaciones desde que era una niña. Y de pronto, tenía tiempo para plantearse opciones. Hambrienta, se encaminó a la cocina.

Al entrar, oyó un ruido junto a la despensa. Se acercó y vio a una mujer menuda tan embarazada, que parecía que se había tragado un balón de playa.

–Debes de ser Emily –saludó la mujer, con un bonito acento italiano–. Soy Micaela.

Parecía estar hundiéndose entre un montón de sábanas que estaba planchando. Emily la observó maravillada y advirtió el sonido de una lavadora y una secadora tras ella.

–Puedo hacerme la cama –se apresuró a decir al ver la montaña de sábanas–. Permítemelo, por favor. Estoy durmiendo en la habitación con las maravillosas vistas a los jardines.

Se preguntó si las vistas desde el piso de arriba serían igual de espectaculares. ¿Cómo sería el espacio personal de Luca?

Miró a la asistenta con preocupación. Estaba demasiado embarazada como para fregar los suelos o pelearse con la plancha.

–¿Puedo ayudarte? –se ofreció, agarrando un extremo de la sábana para ayudar a doblarla.

–No te preocupes. Mi marido suele ayudarme, y es él quien se ocupa del trabajo duro. Ya lo conoces, se llama Ricardo. Os recogió en el aeropuerto.

¿Ése era su marido? Así que ambos trabajaban para Luca. Y Micaela conocía el episodio del aeropuerto. ¿Qué le habría parecido? ¿Era normal en Luca recoger a extrañas del aeropuerto?

–Luca cree que debería dejar de trabajar, pero me gusta estar ocupada –comentó la mujer, saliendo de detrás de las sábanas y dirigiéndose a la cocina–. ¿Qué quieres comer?

–Nada.

Emily se sentía incómoda a varios niveles. No estaba acostumbrada a que alguien le preparara la comida. Además, ¿ya era la hora de comer?

–Luego me haré un sándwich. Y prometo que lo limpiaré todo después.

Micaela sonrió.

–Si necesitas cualquier cosa, házmelo saber.

–Gracias –murmuró Emily.

Se metió por una puerta y salió a la habitación para reuniones que Luca le había indicado la noche anterior. En una esquina, había un piano de media cola. Se sintió inmediatamente atraída hacia él y le invadió la felicidad: llevaba semanas sin tocar en condiciones. Pasó un dedo por encima: no había ni una mota de polvo. Dudaba de que Luca tocara, no cuadraba con su imagen. Pero no le sorprendía que tuviera uno tan magnífico. Él sólo tenía lo mejor.

Se sentó cuidadosamente, con mucho respeto, pulsó alguna tecla aquí y allá, luego un acorde. Estaba perfectamente afinado. Pero sentía que aquel instrumento llevaba mucho tiempo sin ser tocado como se merecía. Estiró los dedos, pulsó fuertemente las teclas y luego más suave, para conseguir el tono adecuado. Piso tímidamente los pedales.

El sonido que buscaba empezó a salir. Y entonces se olvidó de todo lo que la rodeaba y tocó como hacía años que no tocaba. No como acompañante de Kate, por más que sus canciones fueran muy bonitas, sin un solo, por su propio placer.

Oyó un paso a su espalda y se giró rápidamente. Estuvo a punto de caerse cuando vio al chiquillo pegado a ella. Debía de ser el hijo de Micaela. ¿Cuánto tiempo llevaba allí?

–Hola –lo saludó.

Él no contestó. Tenía la vista clavada en el piano.

–¿Quieres oír algo más? –preguntó ella.

El chico tampoco respondió esa vez, pero su rostro pareció indicar que sí. Era una monada. Emily sonrió.

–Ven aquí entonces.

Se giró hacia el teclado, no queriendo asustarlo y que se marchara. Comenzó a tocar una pieza que tal vez él conociera. Unos minutos después, lo sintió a su lado. Lo miró: observaba atento sus manos sobre el teclado y repetía los movimientos con sus manitas en sus rodillas.

–¿Quieres probar?

Él sonrió.

Al principio, le preocupó que los dedos pringosos de un niño pequeño acariciaran las teclas. Pero el piano había sido construido para ser tocado, para ser amado. Y estaba claro que él llevaba mucho tiempo deseando tocar.

El niño sonrió más ampliamente cuando ella le guió los dedos y tocaron una canción infantil. Lo vio reír feliz y supo cómo se sentía.

–Marco.

El pequeño dio un respingo. Emily también, y se giró hacia Micaela.

–No pasa nada.

No quería que el pequeño tuviera problemas. Pero vio la indulgencia en la mirada de su madre y supo que nunca se enfadaría con él. Micaela le dijo algo en italiano y el chico salió corriendo de la habitación.

–Gracias –dijo la asistenta.

–Siempre es agradable tener a alguien a quien le gusta escuchar –comentó Emily–. ¿Qué edad tiene?

–Casi cinco años. Dentro de un par de semanas empezará el colegio.

Emily asintió. Se sentía más valiente y capaz de hablar en aquel momento.

–Es una monada. ¿Y cuándo será el parto?

–En diciembre –contestó Micaela con una amplia sonrisa–. Nuestro milagro de Navidad.

Cuando Luca llegó a casa, tarde, Emily estaba consumida de deseo. La pasión era la única cura para el fuego que le ardía en las venas. Se encontró con él en la puerta y con la misma mirada hambrienta en sus ojos. Se abalanzó sobre él y hundió los dedos en su cabello. Cayeron al suelo sin dejar de besarse. Ella se tumbó, entreabriendo las piernas y arqueándose, conforme él se colocaba sobre ella, apartándole la ropa. La penetró profundamente, mientras ella le abría la camisa lo suficiente como para clavarle las uñas en la piel, cuando le sobrevino el orgasmo.

—No es suficiente —murmuró él, embistiéndola con fuerza—. Quiero que dure...

Pero gimió al notar el abrazo más íntimo, y también alcanzó el clímax y se desplomó sobre ella.

Emily se obligó a ignorar los sentimientos que estaban floreciendo en su interior con tanta rapidez tras el alivio físico. Tenía que recordar lo que habían acordado. Tenía que mantener el desenfado.

—Dime, cariño —empezó con voz melosa—, ¿has tenido un buen día?

Capítulo Siete

–Toca *El elefante* otra vez.

–De acuerdo –accedió Emily entre risas–, pero tú tienes que cantar.

Marco y ella estaban divirtiéndose al piano. Se reían de las equivocaciones deliberadas de Emily y su vuelta a empezar.

–¿Qué ocurre?

Luca no sonaba ni tan cercano ni tan divertido como ellos.

Marco saltó del asiento, pero Emily se volvió lentamente. ¿Qué estaba haciendo él en casa a mediodía?

–Estamos tocando el piano –respondió sin alterarse.

Micaela llamó a su hijo desde la puerta y el chico salió corriendo de la habitación. Emily captó la mirada ansiosa que la asistenta dirigió a Luca. No la culpaba. Había algo en el juicio silencioso de él que a ella también la incomodó. Pero no iba a permitir que se le notara. Luca podía ser el jefe de Micaela, pero no lo era suyo. Ella era su invitada, ¿cierto?

La asistenta dijo algo en italiano, escuchó la respuesta breve de él y sonrió a Emily antes de marcharse. Pero ella no lo advirtió, estaba demasiado ocupada intentando descifrar la expresión impenetrable de Luca, y cada vez se sentía más molesta por su fracaso.

***

Luca esperó a oír cerrarse la puerta de la cocina y entró en la sala, incapaz de apartar la mirada de Emily, incapaz de detener sus sentimientos encontrados.

Por milésima vez, se cuestionó qué estaba haciendo. No lo sabía y eso lo enfadaba. No podía haberla dejado en el albergue, había sido correcto llevarla a su casa. En una semana se habrían cansado el uno del otro.

Pero, dos días después, todavía no había tenido suficiente de ella, más bien su deseo iba en aumento. Y allí estaba, a mediodía en casa porque quería verla, hablar con ella, pasar tiempo a su lado.

–Es un piano muy bonito –la oyó comentar con cierta cautela–. Espero que no te importe.

–Solía sentarme junto a mi madre cuando ella tocaba.

Era uno de los pocos recuerdos felices que conservaba de antes de la enfermedad.

–¿Era suyo?

–No, mi padre se deshizo de él al poco de su muerte. Éste es el que debería haber tenido.

–¿Por eso lo tienes tú?

–Necesitaba algo con lo que llenar el espacio –respondió él, encogiéndose de hombros–. No sabía que tocabas.

–Llevo años acompañando a Kate.

Tanto musical como emocionalmente. Pero ella ya no la necesitaba.

–¿Tocarías para mí? –pidió él, queriendo ocupar el lugar de Marco.

–Tal vez luego –dijo ella cerrando la tapa.

Luca había decidido sacarla a comer fuera. Era su primera visita a Londres y él no había sido el mejor anfitrión. Además, le apetecía verla descubriendo la ciudad, admirar lo hermosa que resultaba mientras la exploraba. Pero olvidó la idea al verla sentada al piano.

–Llevas la misma camiseta que el día de la Arena di Verona –señaló, con la boca seca y sólo pudiendo pensar en ella.

El deseo era más fuerte que nunca. Se le acercó, atento a su reacción: vio cómo se le aceleraba la respiración, se le endurecían los pezones y entreabría la boca.

Tomó su rostro entre las manos, le acarició los pómulos y se inclinó sobre ella. Hundió las manos en su cabello, se perdió en aquellos ojos brillantes y sintió pura satisfacción cuando la vio abalanzarse sobre él.

Aquello era lo que él quería. La subió en brazos, la llevó a su dormitorio y cerró la puerta de un puntapié. Conforme la tumbaba en la cama, ella murmuró:

–Micaela... Marco.

–No nos oirán –afirmó él y se aseguró de ello besándola sin descanso.

Conectando con ella. Y se negó a pensar, a analizar por qué cuando estaba tan unido a ella, su alma parecía elevarse. Sólo quería volar.

Emily se tapó con la sábana y vio a Luca entrar al baño para darse una ducha antes de vestirse. Parecía un hombre distinto del ángel oscuro que había sido antes. Su expresión era más relajada, estaba vistiéndose con una sonrisa.

–¿Has venido a casa por esto?

–De hecho, no. Pero hay que aprovechar lo bueno –dijo, y la besó en los labios–. Volveré esta noche.

Se marchó antes de que ella pudiera preguntarle nada más.

Momentos después, lo oyó hablar en italiano, y el tono agudo de Micaela al responder. Emily se encogió. Él había salido del dormitorio abrochándose el cinturón, no podía ser más obvio que habían hecho el amor, que era un hombre satisfecho. Por primera vez en su romance, ella sintió cierta vergüenza.

¿Qué había sido aquello, sino un encuentro sexual rápido antes de comer? No importaba que le hubiera encantado la sensación de cercanía que acompañaba a los besos. Pero esa cercanía no era real, ¿verdad? Sólo les había evitado gritarse y montar una escena con Micaela y su hijo en el piso de abajo. Lo único que le importaba a Luca era el sexo, ella no formaba parte de su vida: no salían a ningún lado, no hacían planes de ver o hacer algo juntos...

¿Acaso ella no era suficientemente buena para un poco de romanticismo? ¿No podía repetirse lo de aquel día en Verona, con el elegante picnic y la conversación picante? ¿O creía él que ya no tenía que preocuparse más por ella, que acudiría en cuanto la mirara?

Lo cual era cierto, maldición. Nada en toda su vida le había gustado tanto como tener a Luca en su cama, en sus brazos y en su cuerpo.

Esperó en su habitación hasta estar segura de

que Micaela y Marco habían regresado a su casa. Luego, dio un paseo durante horas por la orilla del río, intentando imaginar cómo arreglar la grieta que estaba apareciendo en su aventura vacacional. No quería que terminara, pero tal vez tenía que replantear las reglas.

Luca regresó a casa tan pronto como pudo, sin que oficialmente pudiera considerarse unas vacaciones. ¿A quién quería engañar? Su cerebro llevaba varios días ausente sin permiso. Y, tras separarse de ella al mediodía, había dado un rodeo. Otro capricho, otro momento de locura. Había querido comprarle algo. La había recordado tocando el piano con su camiseta usada y su falda corta. ¡Habría dado lo que fuera por ocupar el lugar de Marco junto a ella y recibir su sonrisa y atención!

Tenía un deseo aún mayor de tomarse unos días libres y llevársela de excursión, unas auténticas vacaciones. Pero, conforme esa idea le rondaba, apretó los dientes: era demasiado peligroso. Ya se encontraba en una posición que se había jurado no repetir nunca, tenía una amante con la que estaba durando más de un par de citas y, además, ella estaba alojada en su casa. Y, a pesar de que él estaba intentando mantener las distancias, cada día lo lograba menos.

Tenía que pelear más fuerte. Tenía que acabar con aquello cuanto antes, se negaba a arriesgarse de nuevo a acercarse demasiado a alguien. Porque siempre salía perdiendo. Las personas a las que amaba nunca se quedaban a su lado. Perder a Nikki había sido lo peor que le había sucedido nunca, no soportaría vivir algo parecido de nuevo. Quería divertirse, se lo había ganado tras tantos años de duro trabajo. Pero diversión era todo lo que podía ser.

Cuando entró en su casa y descubrió que Emily no estaba, se sintió terriblemente decepcionado. Se sentó en la cocina y abrió una de las cajas de colines que había mandado comprar especialmente para ella.

Miró su reloj y luego al cielo. Dentro de poco, sería noche cerrada. Tal vez ella había ido a ver a Kate. ¿O tal vez lo había dejado? Ante esa idea, fue a su habitación y sintió un gran alivio al ver su maleta allí, y pequeños objetos cotidianos sobre la mesilla.

Entonces, su enfado acabó con cualquier buen sentimiento. ¿Dónde estaba? ¿Y por qué le preocupaba tanto? Aquello era justamente lo que no deseaba. No quería preocuparse por otra persona. No quería esperar a nadie. No quería que nadie alterara sus emociones.

Bebió una copa de vino y decidió concederle hasta las nueve, antes de empezar a recorrer el vecindario.

Diez minutos más tarde, oyó la llave en la puerta y se apresuró a abrirla.

–¿Dónde has estado? –ladró, pero tomó aire y se obligó a calmarse.

–Dando un paseo –respondió ella, perpleja–. No creí que fueras a regresar a casa tan temprano.

Normalmente no lo hacía. Pero normalmente, su mayor tentación no estaba esperándolo en su sofá.

Aunque ella no había estado allí, sino fuera, en algún lugar, y parecía agotada.

—Ven a comer, se te ve exhausta.

Emily se sentó en la mesa de la cocina y comió unos grisines mientras él le tendía una copa de vino, sacaba una ensalada de la nevera y le servía un plato junto con un poco de pan.

—¿Dónde has ido?

Ella se encogió de hombros.

—A dar un paseo por la orilla del río –respondió–. Hace una noche deliciosa. Los bares están llenos de gente.

—¿No has entrado en ninguno?

—Sola, no.

Llevaba mucho tiempo sin pasar por allí, pensó Luca. Era cierto que llegaba tarde a casa por el trabajo, pendiente de los mercados estadounidenses y, cuando cerraban, los de Asia casi estaban abriendo... Miró por la ventana. Hacía una buena noche, tomarse una copa junto al río era un buen plan.

Entonces recordó su temor cuando no la había encontrado en casa, y contuvo su capricho. Ya había sucumbido a dos de ellos en el día. Dispuso un plato de queso y embutido para que ella picara.

—¿Has hablado con Kate?

Debería irse con su hermana, así él no tendría ni la sensación de culpa ni la tentación cerca.

—No. Está ocupada –contestó ella sin levantar la vista del plato.

Ocupada en sí misma, pensó él, pero no se adentró en eso. La dejó comer, le contó alguna historia sin importancia y, cuando ella hubo terminado, le retiró el plato.

—Pongámonos cómodos.

Ella parecía realmente cansada. Deseó poder hacerla sonreír. La llevó al salón, la hizo sentarse en el sofá y puso algo de música.

Emily suspiró mientras buscaba la página de su libro e intentaba concentrarse, preguntándose si tenía el valor de hablar de reglas, y más aún de replantearlas. Él no tenía libro esa noche, parecía contento de estar tumbado, apoyado en sus muslos. Ella le acarició el cabello, incapaz de no tocarlo. Él la miró y le quitó el libro.

—No estabas leyéndolo —se justificó, mirándola lleno de deseo.

Emily se inclinó hacia adelante, rozándole la boca con un pezón.

—Te has encargado de que fuera imposible.

Él no lo negó, sólo volvió a impedirle toda concentración con su hábil lengua. Ella suspiró, cerró los ojos y se entregó.

Pero él se detuvo, y sonrió cuando la vio abrir los ojos de nuevo.

—Tengo algo para ti —anunció, y sacó una cajita rectangular de debajo del sofá.

Ella la contempló, asombrada de lo rápido que podía latirle el corazón. Se trataba de una cajita de una famosa joyería. Se obligó a tranquilizarse: no era una caja de anillo. Además, ella no quería nada de eso.

—Ábrela —la instó él.

Le resultó más difícil de lo que creía. Cuando por fin la abrió, se quedó mirando el contenido confusa: se trataba de la pulsera más exquisita que había visto nunca. Diamantes unidos por delicado platino, que brillaban incluso dentro de la caja.

Se le detuvo el corazón. ¿A qué se debía ese regalo?

–¿Luca?

Él seguía tumbado. La miró y percibió su incomodidad.

–No te preocupes, no ha sido cara.

–No me mientas –dijo ella mirándolo a los ojos–. Ni siquiera para ser agradable.

–No ha sido cara para mí –puntualizó él–. Sólo es una chuchería.

Para ella no era cualquier cosa. Las preguntas se agolpaban en su mente, sobre todo preguntas desagradables. ¿Aquello era habitual para él? ¿Les regalaba a todas sus amantes una hermosa joya? ¿Era un detalle para suavizar la despedida? ¿La había comprado él mismo, o había encargado a su secretaria? ¿O tenía un montón de pulseras como aquélla en su dormitorio secreto, inaccesible como la mazmorra de Barba Azul? Aquellos pensamientos empañaban su visión de aquella hermosa pulsera, clásica, elegante... tan diferente a ella.

–¿Por qué?

Fue lo único que logró articular.

Él se sentó, abandonando su regazo.

–Porque quería hacerlo.

¿Así de simple?

–¿Y por qué querías?

Emily necesitaba comprenderlo.

Él se encogió de hombros.

–Te mereces que te mimen. Los últimos años no han sido fáciles para ti.

A ella se le heló la sangre.

–¿Me tienes lástima, Luca?

–No, ya lo sabes.

–¿Entonces, por qué?

–No lo sé –repitió él frunciendo el ceño–. Me pareció que te lo has ganado.

–¿Ganado cómo?

¿Como su amante? En cualquier momento iba a estallar.

El silencio los envolvió conforme se miraban a los ojos. Luca apretó la mandíbula y sacudió la cabeza lentamente.

–¿Por qué tenemos que profundizar en las razones? Tan sólo quería darte algo bonito. Me pareció que te quedaría bien, tienes unos brazos y unas muñecas bellísimas –dijo con frustración.

A pesar de cierta cautela, Emily no pudo evitar sonreír levemente. Clavó la mirada en la caja para ocultar sus emociones.

–Gracias.

Una parte de ella se sentía halagada, emocionada... pero en el fondo, dudaba. A pesar de ser un regalo caro, le hacía sentirse barata. Prefería no tener nada de él: un momento, insistía en que lo suyo era una aventura sin ataduras, ¿y al siguiente le regalaba aquello? Acababa de quitarle la coraza a su vulnerabilidad. Porque existía una herida; bajo la superficie, ella había empezado a querer más.

Intentando ocultarse ese hecho, incluso a sí misma, se giró hacia él, aspiró su aroma, lo besó en el cuello y buscó la respuesta que él siempre le daba sin dudar.

***

Horas más tarde, mientras fingía estar dormida, Emily podía sentir la inquietud que él trataba de contener. Notó cómo se movía la cama conforme él se levantaba y volvía a colocar las sábanas. No debió de sospechar que no estaba dormida, porque paseó un dedo por su hombro y abandonó la habitación.

La primera noche, él había dicho que tenía trabajo pendiente. La segunda, que debía consultar su e-mail. En aquella ocasión, no ofreció excusa.

En algún momento, cada noche, él se marchaba. No quería despertarse junto a ella, empezar el día con ella a su lado. Eso sólo subrayaba que entre ellos no había una relación. Y, aunque era lo que habían acordado, ya no era lo que Emily quería.

Capítulo Ocho

Luca apareció sólo un par de horas después de haber regresado al trabajo. Emily estaba sola al piano.

—Ha llamado tu amigo Pascal —anunció, y dejó de tocar en cuanto se dio cuenta de que él estaba acercándosele—. Ha dicho que estaba deseando ponerse al día contigo esta noche y que esperaba que Micaela todavía no estuviera de baja por maternidad.

Él se detuvo a mitad de camino.

—¿Has contestado al teléfono? —preguntó, fulminándola con la mirada.

—Sí —respondió ella enarcando las cejas.

—¿Por qué no has dejado que Micaela respondiera?

—Ha sido justo antes de que ella llegara —contestó cautamente.

—¿Y por qué no lo has dejado sonar?

—Porque cuando llaman, lo habitual es responder. Podía haber sido una agencia de trabajo temporal. ¿Necesito una razón?

Cada vez estaba más enfadada.

—He contestado al teléfono, lo siento. ¿Acaso no lo tengo permitido? —dijo, cerrando la tapa del piano—. Tal vez deberías escribirme una lista de lo que puedo y no puedo hacer.

Se detuvo para tomar aire, y se dio cuenta de que era el momento para renegociar las reglas.

–¿Qué debería hacer si alguien llama a la puerta, esconderme en el armario?

–No seas ridícula.

–No lo soy. No tengo problema en ser un romance vacacional, pero no voy a esconderme como una especie de amante secreta. Si sólo quieres un juguete, ¿por qué no te buscas una muñeca hinchable?

–Una muñeca no gime sexy como tú –le espetó él, dirigiéndose a la puerta–. Llamaré a Pascal y lo cancelaré.

–¿Por qué? –inquirió ella suspicaz.

Había disfrutado de la breve conversación con ese hombre, y además se moría de ganas de conocer a algún amigo de Luca. Hasta entonces, ella se preguntaba si él tenía alguno.

–¿Tal vez porque estoy aquí?

Él pareció incómodo.

–Tengo una reputación que mantener.

¿Qué reputación? ¿Y cómo demonios iba ella a mancharla?

–¿Qué hay de malo en tener novia? –preguntó.

Supo que había escogido una palabra errónea porque él se quedó helado.

–Amante –se corrigió–. ¿Por qué tengo que tener una etiqueta? ¿No soy simplemente alguien a quien estás ayudando por unos días?

–Porque esa cena es de negocios. Y mantengo los negocios separados de lo personal.

Así que él no quería presentarle a nadie.

–Esto es una excusa patética para no crear ninguna relación con tu amante actual, más allá de en la cama.

Además, ella no creía que esa cena fuera exclusivamente de negocios. Pascal había telefoneado muy temprano a casa de Luca, sabía acerca de Micaela y su embarazo. ¿No podía haber dejado un mensaje a su secretaria?

–¿Acaso no soy lo suficientemente buena para tratar con tus amigos y socios?

¿Sólo la consideraba buena para acostarse con ella? ¿Creía que lo único que tenía que hacer era lanzarle unos cuantos diamantes para mantenerla contenta?

–Por supuesto que lo eres –contestó él ruborizado–. Pero no suelo convivir con mujeres.

–Puedo irme a otro lado. Podría alojarme en el hostal al final de la calle y ganarme el sueldo haciendo las camas.

–No seas ridícula.

–O bien hago las suyas, o actúo en la tuya.

Él estaba realmente enfadado.

–Tú eres la que ha hecho dinero en la calle, con tu hermana cantando.

Ella asintió.

–Y tú eres quien está tratándome como a una cualquiera.

–No lo estoy haciendo y lo sabes.

–No, no lo sé. Celebra tu maldita cena, yo regresaré al albergue encantada –anunció ella agarrando su chaqueta e intentando una salida triunfal–. Que te zurzan, Luca.

Él la agarró del brazo, le quitó la chaqueta y la tiró al otro extremo de la habitación.

–¡No! No puedes decir algo así y quedarte tan tranquila –gritó–. ¿Qué demonios quieres de mí?

–¡No lo sé! –exclamó ella–. Pero sí sé lo que no quiero: no quiero tu dinero, ni que me regales nada.

–¿Todo esto es por la pulsera? De acuerdo, no volveré a comprarte nada. ¿Algo más?

–Dímelo tú.

–No tengo más que darte, sólo un buen rato, ya lo sabes.

–Un buen rato es más que sólo sexo. Podrías mostrarme algo de respeto también. Dedicarme tiempo.

–Tengo trabajo, Emily.

–¿Veinte horas al día?

–Normalmente, sí. Pero no esta semana, por si no te has dado cuenta. He estado en casa a mediodía.

–¿Y para qué, exactamente? ¿Para un revolcón?

–Sexo apasionado y nada más. Ésa fue tu idea.

–Un completo paquete vacacional. Ésa fue tu idea.

–¿Estás diciendo que el encargado de tu entretenimiento necesita mejorar?

–Totalmente –aseguró ella.

Vejada, intentó ocultar su dolor. Elevó los ojos al cielo y se dio la vuelta.

–Debería marcharme de aquí.

Se produjo un largo silencio.

–Tal vez deberías –dijo él con suavidad–. Pero no puedes, ¿verdad?

–No –admitió ella–, porque soy una tonta y todavía te deseo. Me resulta muy difícil decirte que no. Mi cerebro dice una cosa, y mi boca otra. Eres pura tentación, Luca.

Él la miró intensamente.

–Tú también, Emily –dijo, esbozando una leve sonrisa–. Creo que es bueno sucumbir a la tentación de vez en cuando. No suele haber muchas oportunidades.

Para ella no, desde luego, pero seguro que para él sí, a menudo.

Él suspiró.

–Había olvidado la cena. Voy a avisar a Micaela.

Ella, resentida, vio la oportunidad de vengarse.

–¿Vas a encargarle a estas horas que prepare una cena formal?

Él la miró de reojo.

–Micaela está acostumbrada a cocinar para mí. Es muy capaz.

–¿Y esperas que la sirva?

–Por supuesto. Es su trabajo.

–¿Y qué pasa con Marco? ¿Quién cuidará de él?

–Ricardo, por supuesto. El niño tiene un padre. ¿O crees que los padres no son capaces de cuidar a sus hijos?

No todos los padres, pensó ella con una mueca de dolor.

–Micaela y Ricardo llevan años trabajando para mí. Pago muy por encima del salario estándar, y todos estamos contentos. No creo que sea algo de lo que tú tengas que preocuparte –dijo él mordaz.

–¿La has visto últimamente, intentando planchar tus sábanas?

–¿Cómo?

Al ver su perplejidad, ella supo que lo había atrapado.

–Planchar tus sábanas. ¿Qué tipo de tarea es ésa, amo y señor? La mujer se empantana en ellas, de lo grandes que son –explicó, como si fuera el crimen del siglo–. Y está tan embarazada...

–Tienes razón –dijo él sarcástico–. Es una pérdida de tiempo, especialmente cuando tú te encargas de arrugarlas. Lo suprimiré de su lista de tareas.

La victoria fue amarga, y no suficiente. Ella no estaba arrugando las sábanas de la cama de él, a la que no tenía acceso. Y aquella arrogante asunción de que seguiría arrugándolas un tiempo, por más que fuera cierta, la enfureció. Deseó la revancha.

–Puede que seas el dueño de todo lo que vemos, Luca, pero eso no te da derecho a ser tan arrogante. ¿Por eso te divorciaste? ¿Tu esposa no soportó tu actitud?

–No estoy divorciado.

–¿Cómo?

Frío como el hielo, él repitió las palabras lentamente.

–No estoy divorciado.

Ella se lo quedó mirando. Entonces, ¿tenía una esposa en algún lado? Una ira irracional le brotó del pecho.

No le extrañaba que quisiera ocultarla de la gente, o que no quisiera que durmiera en su cama. ¿Tal vez su aroma se mezclaba con el de la esposa ausente? ¿Dónde estaba, de vacaciones? La furia empañó su lógica.

Juraría que vio una expresión de culpa en el rostro de él antes de que la ira la barriera. ¿Qué había ocurrido? ¿Quién había dejado a quién? Emily perdió el juicio pensando en aquella infidelidad, todo su cuerpo quería negarlo. Abrió la boca para soltar su veneno pero él, viéndola tan enfurecida, habló primero.

–Soy viudo –murmuró casi sin mover los labios.

–Lo siento mucho, Luca... –se disculpó, y no sólo por la pérdida, sino por sus pensamientos de segundos atrás, que sabía que se habían reflejado en su rostro–. ¿Por qué no me lo dijiste?

–¿Por qué iba a hacerlo?

Ella dio un respingo, dolida por aquel amargo recordatorio de que entre ellos no existía nada. Se dio la vuelta para ocultar sus ojos empañados de lágrimas y lo oyó maldecir en voz baja.

–Emily...

–No, tienes razón –farfulló ella, dirigiéndose a la puerta–. No es asunto mío.

–Siento haberte hablado así –se disculpó él agarrándola del brazo y obligándola a detenerse–. No lo he dicho en serio. Aquello fue hace mucho tiempo y no me gusta pensar en ello.

–Yo también lo siento –dijo ella, incapaz de mirarlo–. No debería haber sido tan maleducada.

–Quédate aquí, voy un momento a hablar con Micaela.

Llamó a la asistenta y hablaron unos minutos al otro lado de la puerta, de los cuales Emily no comprendió nada. Lo que sí comprendió por fin era por qué la mantenía, igual que al resto del mundo, a distancia. No sólo había enterrado a su esposa, además había enterrado su corazón con ella.

–La cena será a las ocho –anunció él entrando por la puerta.

–No voy a estar aquí, Luca.

–Sí que vas a estar –replicó él acercándosele lo suficiente para dispararle el pulso.

¿Cómo iba a pensar con claridad, cuando a su lado le faltaba hasta el aire?

–Todavía no hemos terminado y lo sabes. Acabas de admitirlo. Además –añadió, inspirando hondo y hablando con mayor ligereza–, me harías un favor. De hecho, agradecería tu compañía.

–¿Por qué?

¿A qué se debía ese repentino cambio de opinión?

–Hoy vienen un par de personas. Pascal, con quien has hablado, al que conozco desde hace mucho. Fue mi mentor, tiene un formidable conocimiento de los mercados financieros, me lo enseñó todo. Lleva felizmente casado los últimos cincuenta años. Quiere lo mismo para mí, y se ha autoencargado la labor de encontrarme una nueva esposa. Siempre trae alguna posible candidata a las cenas. La que viene hoy es una consultora compañera suya, de la sucursal de Londres. La ha traído consigo las dos últimas veces que nos hemos visto. Tenerte a mi lado sería un buen escudo.

–¿Quieres que...?

–Me protejas de los indeseados avances de otra mujer, sí –terminó él con un intento de sonrisa.

–Eso es ridículo.

Como si él necesitara algo así. Desde luego, no necesitaba otra esposa, acababa de dejárselo muy claro. Y sabía que ella sería una protección eficaz frente a otra mujer porque conocía el lugar que le correspondía.

De pronto, no deseaba protegerlo. Estaba dolida, pero quería saber más de él antes de marcharse. ¿Qué le había sucedido a su esposa? ¿Hacía cuánto tiempo que había sucedido? ¿Y cómo era la mujer que cenaría con ellos esa noche? ¿Por qué su anti-

94

guo mentor creía que sería un buen partido para él? Emily tenía las emociones revolucionadas, y los celos amenazaban con dominarla.

–¿Te has acostado con ella?

No se disculpó por una pregunta tan maleducada. Tenía que saberlo.

–No –dijo él y frunció los labios.

–¿Quieres hacerlo?

–Si hubiera querido, ya lo habría hecho –le espetó él.

Emily decidió creerlo, dado que él compartimentaba tanto su vida y era demasiado disciplinado para cruzar la línea. ¿Estaba demasiado dolido por el pasado?

Él la fulminó con la mirada.

–Que te quede muy claro, Emily: yo no me voy con cualquiera y no soy infiel –dijo, con la mandíbula tensa–. A las ocho. Aquí. Y ponte algo medio decente.

Emily se encogió ante la ruda orden. Era como si la hubiera abofeteado y con ello hubiera barrido toda su empatía hacia él. Así que él temía que lo avergonzara, como si no tuviera modales, ni elegancia, ni ropa decente. Y no la llevaba por ahí porque no era suficientemente buena para lucir a su lado.

Luca se la quedó mirando unos instantes, antes de que la frustración lo invadiera. Maldijo en voz baja y tres segundos más tarde, la casa entera tembló del portazo de la puerta principal.

Capítulo Nueve

Emily contó hasta veinte y fue por unos grisines. Necesitaba masticar algo para deshacerse de su rabia y de su culpa, porque en aquel momento se sentía sepultada bajo ambas.

En la cocina, Micaela se hallaba junto a la encimera, con rostro circunspecto. ¿Cuánto habría oído de la discusión?, se preguntó Emily con las mejillas encendidas. El día anterior, Luca y ella habían hecho el amor a mediodía, y ese día estaban gritándose el uno al otro. Eso no favorecía un ambiente de trabajo agradable. Pero Micaela estaba concentrada en preparar la cena, y no la miró.

—¿Dónde está Marco? —preguntó Emily, temiendo que el chico se hubiera escondido, asustado por la discusión.

—Jugando en casa de un vecino.

Emily respiró aliviada.

—Lo siento si...

La asistenta dejó de pelar tomates y se giró hacia ella.

—Quiero contarte algo. Es personal, y espero que no te importe, pero quiero contártelo.

Era como si llevara un buen rato rumiando ese monólogo y por fin se hubiera decidido a soltarlo. ¿De qué se trataba?

—Es difícil para nosotros que yo me quedara embarazada. Lo intentamos durante mucho tiempo, sin éxito. Entonces descubrimos que necesitábamos ayuda.

Emily escuchaba atónita. No se esperaba nada de eso.

–Mi familia está toda en Italia. No teníamos mucho dinero, ni nadie a quien recurrir –continuó la mujer, emocionada–. Luca nos dio a Marco y también al bebé.

Por un momento de irracionales celos, Emily creyó que Micaela se refería a que Luca era el padre de sus hijos.

–Nos dio el dinero. Para el tratamiento, los médicos... –puntualizó la mujer.

Emily casi se desmayó sobre la encimera. ¿Por qué no dejaba de sacar conclusiones erróneas? Menos mal que Micaela no parecía haberlo advertido, demasiado deseosa de explicar todos los detalles.

–Hemos acudido a una clínica privada durante años. Él nos ha pagado una fortuna en tratamientos para que lo intentáramos tantas veces como quisiéramos. Dijo que no había límite, que dependía de nosotros –explicó, volviendo a pelar los tomates–. Dijo que era parte de nuestro seguro sanitario como empleados. Pero sale directamente de su bolsillo.

Su mirada era pura gratitud y preocupación por él.

–Trabaja demasiado. Se exige demasiado. Es un buen hombre, y se merece...

–¿El qué? –le provocó Emily.

No le extrañaba que el matrimonio fuera tan fiel a su jefe, que estuviera tan dispuesto a dejarlo todo cuando él los llamaba. No le extrañaba que ella le planchara las malditas sábanas.

–Se merece ser feliz.

Emily cerró los ojos. Sí que se lo merecía, como todo el mundo. Como ella.

—Debería tener la felicidad que nos ha proporcionado a Ricardo y a mí.

Amor. Hijos. Una familia.

Emily se sintió peor, porque Luca casi lo había tenido, pero lo había perdido, y ya no lo quería. Y ella, sin darse cuenta de eso, se había burlado de él.

Ojalá se lo hubiera contado antes. Ella le había hablado de sus padres. Pero él no había tenido ninguna intención de conocerla lo suficiente como para tener que preocuparse por ella. Hizo rodar un grisín sobre la encimera, mientras reflexionaba sobre lo que Micaela acababa de contarle y por qué se lo había contado. ¿Tal vez porque quería darle a conocer lo mejor de Luca?

—¿Cuánto tiempo hace que trabajas para él?

—Casi ocho años. Dijo que debería dejarlo cuando me quedara embarazada, pero me gusta trabajar, así evito preocuparme.

Emily comprendía, ella lo había hecho en Nueva Zelanda: mantenerse ocupada como una forma de enterrar sus temores.

Tenía múltiples preguntas acerca del pasado de Luca, pero no las haría. Sería entrometerse, y Micaela no le diría nada. Podía compartir su propia historia, pero no la de su jefe, su lealtad era demasiado fuerte. Y Emily no quería incomodarla. Además, prefería que fuera el propio Luca quien se lo contara.

Él suponía todo un desafío. Y, tras haber mencionado a la mujer de esa noche, Emily sentía cierta competitividad. Le enseñaría, igual que a los demás, lo elegante que podía ser.

Pero su vestuario allí se componía de faldas y pantalones finos, y camisetas muy usadas. La ropa nunca había sido una prioridad para ella. Kate era la que iba a la peluquería, se compraba ropa de diseño, como cantante protagonista que quería ser. Ella, la acompañante, sólo necesitaba pantalón y camisa negros para no destacar.

Contempló a Micaela. La italiana seguía estando elegante y guapa a pesar de su enorme tripón de embarazada. Necesitaba su ayuda.

–¿Puedes recomendarme una tienda de ropa bonita que no sea muy cara?

Micaela, recuperado el dominio de sí misma, sonrió ampliamente. No sólo le dio el nombre de la tienda, además le dibujó un mapa.

Luca se levantó de su escritorio y se paseó por la habitación. La culpa le quemaba los pies, como un fuego sobre el que había pisado descalzo, accidentalmente. Se movió impaciente, intentando sacudirse la desagradable sensación. No le gustaban las cenas formales. No quería salir por ahí y ser sociable. Sólo quería quedarse en casa con Emily. Lo único que aplacaba su irritación era que ella había admitido que no podía dejarlo todavía. Bien, porque él no podría dejarla marchar.

No estaba enfadado porque ella le hubiera hecho pensar en Nikki, sino porque había supuesto lo peor de él. ¿Y por qué no iba a hacerlo, por otro lado? Él había subrayado la naturaleza temporal y exclusivamente física de su romance. Seguro que ella creía que eso era típico en él. Pero le dolía ese juicio. El auténtico problema era que le importaba su opinión.

Se detuvo frente al ventanal con espectaculares vistas de la ciudad. Pascal también era el problema. Si hubiera sido otra persona la que hubiera telefoneado, aquella discusión no habría ocurrido. El hecho de que se conocieran Emily y él le hacía sentir incómodo.

Pero tenía que recibirlo, Pascal ya no visitaba Londres habitualmente. Una parte de él quería hacerlo, pero otra mucho más poderosa quería tener a Emily sólo para él. La culpa lo minó un poco más. Aquel hombre había hecho mucho por él, se lo debía. Había estado a su lado cuando Nikki murió, era la única persona que lo sabía todo. Casi nunca hablaban de ello, pero eso no significaba que no estuviera ahí.

Regresó a casa, bastante antes de lo habitual, y pasó por la cocina lo primero para comprobar que Micaela estaba sacando todo adelante. No tenía ni idea de que le planchaba las sábanas, bromeó acerca de ello y le dijo que no lo hiciera más. Ella sonrió y lo despidió con un gesto. Luca inspiró hondo y saboreó los aromas. Emily se había confundido en eso: él pagaba a la pareja más del triple de la tarifa vigente, pero porque se lo merecían. Eran leales, trabajadores y acudían cuando los necesitaba, que no era tan a menudo como ella pudiera pensar, y menos desde que Micaela se había quedado embarazada.

No buscó a Emily, no estaba preocupado por si se había marchado después de la discusión de esa mañana: había encargado a Micaela que le informara de si ella hacía algún signo de marcharse de allí. Y tampoco estaría de más darse un respiro mutuo. Se duchó y se vistió.

Luego, llamó a la puerta de ella y entró. Al verla, se quedó sin aliento. Los pulmones se le habían encogido, igual que el resto de su cuerpo... salvo un órgano más abajo de su cinturón. Entonces, se le aceleró el corazón.

Sólo se trataba de un vestido negro, ni siquiera era descocado, pero dejaba ver sus brazos y sus piernas, sugería su escote y mostraba mucha de su espalda. Lo que significaba que...

—No llevas sujetador.

—Hola a ti también —dijo ella mirándolo fríamente—. Cierto, no lo llevo. ¿No es suficientemente decente para ti?

Cuando él le había dicho que se pusiera algo medio decente, no se refería a que se vistiera elegante, sólo a que se tapara un poco, porque no quería estar distraído todo el rato frente a Pascal.

Lo había expresado con cierta brusquedad, pero había estado demasiado enfadado para corregirlo. Había visto el brillo en la mirada de ella, señal de que le había marcado un tanto, y había sentido la satisfacción de la revancha. Y ella se lo había tomado a pecho, porque la mujer frente a él era un modelo de sofisticación.

La vio mirarse en el espejo y recogerse el cabello. Lo lamentó: le encantaba vérselo suelto y hundir sus dedos en él. Pero el recogido resaltaba sus pómulos, y la coleta le acariciaba la oreja, el cuello, y él quería besar todas las zonas que rozaba.

Carraspeó y desvió la mirada. Aquella noche, no; o al menos, no en aquel momento. Tensó todos los músculos, decidido a calmar sus hormonas disparadas. Sólo tenía que aguantar unas pocas horas. Podía hacerlo, ¿verdad?

Capítulo Diez

Emily se concentró en aplicarse la máscara de pestañas, intentando calmar al tiempo su corazón desbocado. Luca atravesó la habitación y agarró la caja que ella había dejado en la mesa, al no saber qué hacer con ella.

Los diamantes brillaron a la luz en cuanto él sacó la pulsera. Se acercó a Emily.

–Póntela por mí.

Ella lo miró a los ojos y se derritió bajo su fuego abrasador. No podía decirle que no. Dejó que se la pusiera. Se miró de nuevo en el espejo para terminar de recogerse el cabello. La pulsera se deslizó por su brazo, brillando maravillosamente. Era una belleza, no necesitaba más adorno que ése. Convertía su sencillo vestido negro en algo deslumbrante, y elevaba su estatus casi al nivel del de Luca, ya no la confundirían con una empleada. Una parte de ella estaba encantada, pero otra parte lo odiaba, por el contrato sin alma que representaba. ¿Estaba preocupado por cómo se comportaría ella? ¿Estaba acicalándola con una joya cara?

–¿Ahora estoy decente? –preguntó suavemente.

Vio que él se ponía más tenso, pero no de deseo.

–Cuando te pedí que...

–¿Pedirme? Fue una orden, Luca.

–Lo que fuera. No me refería a que te pusieras

elegante. Tus brazos y piernas, expuestos por tus camisetas y faldas cortas, me tientan. Y ahora...

Apretó la mandíbula, como conteniéndose.

–¿Ahora qué?

–Ahora es tu espalda. Y no llevas sujetador. Y estás demasiado guapa.

Ella se cuadró de hombros.

–¿Quieres que me cambie?

–No.

Ella ladeó la cabeza y decidió aprovechar su ventaja.

–No me mires así, Emily.

–¿Cómo?

De acuerdo, en su mente estaba desnudándolo, prenda a prenda. Lo recorrió con las manos desde los hombros hasta la cintura.

–Tú también estás guapo.

Para comérselo. Se puso de puntillas y comenzó a mordisquearle el labio inferior, a succionarlo y lamerlo. Definitivamente, estaba delicioso.

Luca se quedó inmóvil, así que ella continuó, acercándose más para invadir todo su espacio.

Él le acarició los glúteos y, conforme ella lo mordía por segunda vez, la agarró y la apretó contra sus caderas.

Emily sonrió al notarlo endurecerse. Aquélla era la tensión que le gustaba en él. Tomó su rostro recién afeitado entre sus manos, y lo besó, lo acarició, lo torturó un poco más. Y él, duro como una piedra, la dejó hacer. Hasta que gimió y la embistió con la pelvis, mientras le levantaba el vestido.

El sonido de la puerta principal abriéndose la hizo detenerse. Oyó que Micaela daba la bienvenida a los invitados.

–No podemos –susurró–. Ya han llegado.

–Sí que podemos –murmuró él, jadeante, clavándole las caderas–. Que esperen.

–Eres un arrogante. No podemos ser maleducados. Ya están aquí.

–Sí que podemos –repitió él–. Sólo necesitamos diez, veinte segundos.

Ella rió.

–No será suficiente.

Él gimió y la apartó de sí.

–Maldita sea, voy a necesitar más tiempo para tranquilizarme del que hubiera supuesto terminar.

Ella soltó una risita.

–No es divertido –dijo él, dándose media vuelta y dirigiéndose a la puerta a grandes zancadas.

Emily lo siguió al vestíbulo y, a cierta distancia, lo vio besar a la mujer en la mejilla y estrechar la mano del hombre.

–¿Qué perfume llevas, Luca? Es delicioso y floral –alabó la consultora, tan delgada, sofisticada e inteligente como cabía esperar–. Te sienta muy bien.

La aguda mirada de Pascal pasó de la sonrisa forzada de Luca al rostro encendido de Emily. Ella lo vio intercambiarse una sonrisa de diversión con la otra mujer y se sintió confundida. Si Pascal quería que Luca y la consultora se emparejaran, no estaría tan contento de que ella se encontrara allí, ¿no? En cuanto al poco sutil interrogante no expresado de cuál era su relación con Luca...

Pero Luca estaba quitándole importancia:

–Francine, Pascal, ésta es Emily, una amiga que acaba de llegar de Nueva Zelanda –anunció.

La manera en que evitó mirarla a los ojos contradecía que eran sólo amigos, pero ambos invitados sonrieron y la saludaron. Ella los contestó con un murmullo.

–¿Cómo está Madeline? –preguntó Luca.

–Tan guapa como siempre –contestó Pascal–. Te manda muchos besos.

–Venid. Micaela lleva toda la tarde trabajando para vosotros –dijo Luca y miró a Emily.

Ella se negó a morder el anzuelo. Comprendía la devoción de la asistenta.

La cena estaba dispuesta en la sala con el piano. Se sentaron a la mesa y se pusieron al día durante los aperitivos. Francine iría pronto a una escuela de negocios a las afueras de París.

–Tú estudiaste en Oxford, ¿verdad, Luca? –preguntó.

–La licenciatura sí, pero el posgrado lo hice en Harvard.

Cómo no, pensó Emily. Él era pura élite, mientras que ella...

Francine la miró.

–¿Tú dónde estudiaste, Emily?

–No lo hice –respondió, luchando contra su sentimiento de inferioridad y fracasando–. Dejé el colegio antes de terminarlo y me puse a trabajar. Como dependienta.

–¿Dependienta? –dijo Francine, mientras apartaba delicadamente un trozo de tomate con el tenedor.

Cielos, aquello era una pesadilla.

–Sí, de pie durante horas, quitando el polvo, reponiendo el género, ese tipo de cosas.

Percibió que Luca se tensaba. ¿Qué, ella no debería reconocer su historia de clase trabajadora?

–Me encanta ir de compras –dijo Francine con una sonrisa–. ¿Cuál era tu especialidad? ¿Moda, perfumes?

–Tristemente, no –respondió Emily, sonriendo dulcemente–. Al principio, fue el departamento de bricolaje de una cadena de segunda mano: herramientas, taladros, equipamiento para jardinería... Luego cambié a otros departamentos: calzado, juguetes, muebles... Y por las noches trabajaba en un videoclub y tienda de música.

Ya estaba, ya lo sabían. Ella no tenía nada de su educación, sofisticación ni elitismo. Pero sabía mucho de trabajo duro, priorizar y que las cosas estuvieran hechas. Había tenido que aprenderlo. Tres lavadoras antes de salir de casa; prepararle la comida a Kate y dejar algo para su padre; volver corriendo a casa a la hora de comer para tender la ropa, mientras dejaba la cena cocinándose a fuego lento. Lo había hecho durante años, hasta convertirse en una experta. Y de pronto, cuando se veía liberada de ello, se sentía vacía y fuera de lugar.

Pascal rió divertido.

–¿Un videoclub? Debes de saber mucho de cine.

–Y de música.

–Me encanta el cine –comentó Francine con una sonrisa–. ¿Cuál es tu película preferida?

Emily parpadeó atónita. No esperaba que ellos aceptaran su pasado tan normal, y menos que les interesara.

–Si hubieras podido estudiar, ¿qué habría sido? –inquirió Pascal, pareciendo comprender que, si no había estudiado, no había sido porque ella no quisiera, sino porque no le había sido posible.

Entonces, Emily sonrió de verdad y decidió cambiar su actitud. Había sido una maleducada, por abusar de su mecanismo de defensa.

–Música y cine, supongo.

Todos rieron y, por un instante, la atmósfera se aligeró. Comentaron las películas que proyectaban en los cines en aquel momento, la mitad de las cuales Emily había visto en el avión de ida. Se habría relajado y dejado llevar, de no ser por la presencia silenciosa y dominante a su lado. Cada vez que lo miraba, veía a Luca con el ceño fruncido, lo que la ponía en tensión y le evitaba disfrutar de verdad de la conversación.

Centró su atención en la bella Francine, preguntándole por su curso MBA y por la vida en Londres: qué tiendas eran las mejores, qué hitos turísticos no debía perderse...

Francine la miró con tímida coquetería.

–¿Acaso Luca no está mostrándote el mejor Londres?

Ella no podía saber el significado de las palabras «el mejor». Emily miró a Luca, quien elevó su copa y bebió un largo trago de vino.

–Lo intenta –respondió Emily con tranquilidad–, pero de algunas cosas no tiene ni idea.

Él la fulminó con la mirada y, bajo la mesa, apretó una rodilla contra la suya, a modo de advertencia.

–No te preocupes, Luca –intervino Pascal, entre risas–. No puedes ser brillante en todo.

Ella podía notarlo bullendo por dentro, así que decidió no mirarlo. Continuó conversando con Francine y Pascal, mientras él seguía sin participar.

Micaela sirvió el postre y Luca insistió en que se marchara a casa.

–Espero que les guste –se despidió Micaela, con una sonrisa especial hacia Emily.

Preguntándose el porqué de esa sonrisa, Emily miró dentro de la fuente. Contenía el mismo pastel de crema que Luca le había dado a probar el día del picnic.

Se detuvo, con la cuchara en la mano. No sabía si probarlo de nuevo, por temor a que no fuera tan sublime como aquel día. No quería estropear el recuerdo.

–Pruébalo, Emily.

Era la primera vez en toda la noche que le hablaba. Ella supo que lo había encargado a propósito.

Justo cuando se acercaba la cuchara a la boca, Luca la agarró, mientras posaba su otra mano en su muslo bajo la mesa. Y, mientras saboreaba el postre, Emily notó sus caricias muslo arriba, muslo abajo. Lo miró suplicante, pero él estaba hablando con Francine.

Dejó la cuchara en el plato, incapaz de comer más. Controlando apenas su deseo de entreabrir las piernas y dejar que sus dedos la exploraran del todo. ¿Qué intentaba hacerle él?

Por fin, los otros terminaron y Emily agradeció poder recoger sus platos y llevarlos a la cocina. Insistió en que los demás permanecieran a la mesa. Necesitaba un respiro de la intensidad de Luca, de la arrebatadora pasión que sentía bullir en él y de la respuesta que él quería generarle.

Pero, mientras dejaba los platos en el fregadero, oyó pasos a su espalda y a él susurrando su nombre. Iba a girarse, pero él la abrazó por la espalda y comenzó a besarla en el cuello y a acariciarla por todo el cuerpo. Ella se recostó sobre él y su pasión se disparó.

–¿Luca?

Él no dijo nada, pero la besó más salvajemente. Deslizó las manos bajo el vestido, por los muslos desnudos, hasta alcanzar las bragas. Pero no las apartó, aunque ella se arqueó invitándolo. Lo deseaba ardientemente.

Tantos impulsos reprimidos durante horas explotaron al primer roce. Iban cargados de ira, dolor y, sobre todo, deseo.

Emily se olvidó de todo: de dónde estaba, qué había ido a hacer a la cocina. Lo único en lo que podía pensar era en Luca y en lo mucho que lo deseaba dentro de ella. Entonces todo tendría sentido.

Él paseó las puntas de sus dedos sobre la seda y encaje de sus bragas. Tan cerca, y sin embargo sin tocarla como ella necesitaba. Luego, posó su otra mano en un seno y empezó a acariciarle el pezón con el pulgar. Al tiempo, frotó su erección contra la carne húmeda y hambrienta de ella.

Emily movió las caderas, buscando la satisfacción de ambos, deseando que desaparecieran las barreras de la ropa para sentir piel contra piel.

–¿Me deseas, Emily? –murmuró él, besándola y mordiéndola en el cuello.

–Sí.

–¿Y si te inclino sobre la encimera y...?

–Oh, sí... –dijo ella, jadeante, con las piernas temblorosas–. ¡Ahora!

Estaba tan cerca, que alcanzaría el clímax en cuando él la penetrara. Lo sabía y estaba deseándolo: fuerte, rápido y salvaje, como le gustaba a él. No podía luchar más contra su deseo, no podía resistirse a él.

Pero Luca retiró sus manos y se apartó tan rápido que ella casi se cayó al suelo, de no ser porque él la sujetó.

–Tienes razón, Emily –dijo él, jadeando como nunca–. No podemos.

–¿Se puede saber qué haces?

–Torturarnos a los dos.

–¿Por qué?

Sintió que él apoyaba la cabeza en su hombro, pero mantenía el resto de su cuerpo apartado de ella.

–Te deseo como nunca he deseado antes.

Ahí estaba de nuevo, el deseo, y con una inconfundible nota de agonía. Era evidente que él lo lamentaba. Emily cerró los ojos.

–Será mejor que regrese con los otros –dijo él, separándose.

–Yo iré enseguida.

–Por supuesto –dijo él, inspiró hondo y se marchó.

Emily entró en el cuarto de baño, pero no hubo manera de disimular sus mejillas encendidas o sus labios enrojecidos. Sólo habían sido unos minutos, tal vez tres. Pero todo había cambiado.

Capítulo Once

Luca la observó entrar en el comedor, con la cabeza alta y las mejillas encendidas. Casi pudo oír el trueno al ver el relámpago de su mirada. Los otros dos también se dieron cuenta y se produjo un silencio.

Ella se acercó al piano.

−¿Sabes tocar, Emily? −preguntó Francine.

−Un poco.

−¿Tocarías para nosotros?

Luca la vio asentir y sintió alivio, porque eso suponía que, durante un rato, no habría conversación y no tendría que mirarla a los ojos. Su mirada le hacía sentirse un idiota, y ya se sentía suficientemente mal. No había pretendido perder el control hasta ese punto. Pero durante la cena, había observado su incomodidad, la había escuchado hacerse de menos. A él no le importaba si había ido a la universidad o no, igual que a los demás. ¿Ella no comprendía que sabía lo duro que había trabajado? Había conseguido algo mucho más importante que unos títulos universitarios: se había hecho cargo de una cantidad de trabajo y con un nivel de responsabilidad como no podrían soportar muchas personas con doctorado. Además, había hecho un trabajo excelente criando a su hermana con tanta confianza en sí misma e independencia. Pero, ¿a qué coste? Había dejado en suspenso su propia vida y sus propias ambiciones, y él quería verla haciéndose cargo de ellas. Había querido darle confianza, que supiera lo guapa y generosa que era, y la forma más sencilla había sido demostrándole lo mucho que la deseaba. Gran error: nada más rozarla, casi había perdido el control por completo.

Emily pulsó unas cuantas notas a modo de prueba.

—No tengo la voz de mi hermana.

Otra vez estaba haciéndose de menos, pensó él tensándose.

—Y, aunque me encanta la música clásica, debo admitir que prefiero más melancolía —comentó, empezando a tocar un clásico de jazz.

Tenía una voz grave y un poco ronca que hizo derretirse a Luca. Tal vez no tenía el tono de la voz de su hermana, pero poseía una profundidad emocional mucho mayor. Él conocía de primera mano la cantidad de emociones que ella albergaba, algo que lo intrigaba, excitaba y asustaba al mismo tiempo.

Agradeció que el tema fuera corto, porque no estaba seguro de poder aguantar sin acariciarla mucho más. Entonces, Francine le pidió otra canción. Él apretó los dientes.

—Sólo si esta vez cantáis —señaló ella.

Francine se sentó junto a ella y cantó, mientras Luca observaba orgulloso cómo Emily se la había ganado del todo. Y luego, tan sólo la miró. La luz jugaba con los diamantes de su pulsera tal y como él había imaginado. Nunca se arrepentiría de haberle hecho ese regalo, se lo merecía: era igual de deslumbrante, elegante y clásica que ella, y también brillaba con un fuego interno. Sólo lamentó no haberle comprado unas esposas, así podría encadenarla a la cama y estar con ella tanto como quisiera, además de evitar que invadiera otras áreas de su vida. Pero ella era una fuerza arrolladora, un desafío a lo que tanto trabajo le había llevado conseguir, como paz, soledad y aislamiento.

–Te parece muy hermosa.

El murmullo de Pascal le hizo dar un respingo. Maldición, había olvidado que su amigo estaba a su lado.

–No puedes quitarle los ojos de encima.

–Pues me resulta una mujer muy frustrante.

Igual que su atracción hacia ella: incontrolable, insaciable, innegable. ¡La deseaba en aquel mismo momento!

Se giró hacia Pascal y se perdió en aquellos ojos castaños comprensivos y una pizca tristes. Ojos tan familiares, y sin embargo durante un instante se había olvidado de ellos. Lo invadió el desconsuelo, la desesperación. La culpa le hizo desviar la mirada. Había intentado hacer felices a unos ojos como ésos. Y mucho tiempo atrás, por unos momentos mágicos, lo había conseguido. Pero luego no había habido nada, ni podría volver a haberlo de nuevo.

–Lo siento, Pascal.

Se disculpaba por el pasado y por aquella noche. Por sus fracasos entonces y en el presente. Se puso en pie, queriendo poner fin a la conversación antes de que empezara.

–Vayamos a la terraza, allí me concentro mejor.

Podrían hablar de negocios y evitar lo personal,

y así él podría intentar volver a negar la realidad. Aunque sospechaba que era demasiado tarde. No había sido capaz de controlar la manera en que Emily lo emocionaba, y mucho menos ocultarla. Y en aquel momento, sentía crecer la culpa. Él no había querido hacer daño a nadie.

Pascal y Francine no se quedaron hasta tarde. Durante la última media hora, Luca y ellos hablaron de dinero, mercados y cosas de las que Emily no tenía ni idea, así que los escuchó sin intervenir. Ni siquiera fue capaz de mirar a Luca, de lo temblorosa que estaba.

Mientras Luca ayudaba a Francine a ponerse el abrigo, Pascar se acercó a Emily. Habló en voz baja.

—No permitas que él apague tu fuego. Es bueno para él. Le das calor, y él ha estado helado demasiado tiempo.

Atónita, Emily lo observó marcharse después de Francine. Casi ni oyó a Luca despedirlos. Cuando la puerta se hubo cerrado, miró a Luca a los ojos por primera vez en horas. Su fuego no se había apagado, todo lo contrario. Él estaba de espaldas a la puerta y, tras terminar su tarea como anfitrión, resultaba grande y peligroso.

Ella sacudió la cabeza, y contuvo su frustración al ver su expresión infeliz.

—¿En qué piensas?

—En fútbol —respondió él sarcástico—. ¿No sabes que los hombres odiamos esa pregunta?

—Eso es una cobardía —lo desafió.

El poco humor de él se desvaneció.

–No me gusta sentirme fuera de control, y es como estoy. Hoy he estado fuera de control todo el rato.

Ella se le acercó un paso.

–Una vez dijiste que las cosas fuera de tu control te asustan. ¿Yo te asusto? –preguntó, acercándose aún más y obligándolo a mirarla.

–Sí. Pero creo que, con un poco más de tiempo, lo dominaré.

–¿Es eso lo que deseas?

–Sí. Sólo una aventura, Emily, una que terminará pronto.

Ella se detuvo. ¿Cómo de pronto? Porque a ella aún le quedaba mucho.

–¿Quieres saber qué más estoy pensando?

–No estoy segura.

Luca se le aproximó.

–Estoy pensando en todo lo que has conseguido, en lo duro que has trabajado. Y no te lo reconoces, menosprecias tu trabajo y apenas mencionas la realidad de tu vida.

–No voy a contar la historia triste para ganarme simpatías, Luca. Tú tampoco lo haces.

–No, pero tampoco me rebajo. Estate orgullosa de tus logros, Emily. No mucha gente podría haber gestionado lo que tú has hecho.

Ella bajó la mirada. Era difícil enorgullecerse de sus logros cuando los comparaba con los de alguien como él o Francine.

Él le acarició el brazo y la agarró de la muñeca.

–Toca el piano para mí.

¿Música para amansar a la fiera y al alma torturada? Sí, tocaría para él, para los dos.

Mientras se dirigían a la sala, él le bajó la cremallera del vestido, que quedó en el suelo. Aprovechando la pasión que todavía existía entre ellos, Emily se quitó las bragas y se quedó completamente desnuda, salvo por la pulsera de diamantes. Si aquello iba a terminar pronto, aprovecharía a fondo cada momento.

Se sentó y empezó a tocar, mirándolo mientras él rodeaba el piano.

—Podrías haber sido muy buena —alabó él, quitándose la camisa.

—Tal vez, pero ¿a qué precio? Años y años de trabajo duro, renunciando a muchas cosas. Incluso entonces, las posibilidades de lograrlo son pocas. Quería hacer otras cosas con mi vida.

—Otras cosas que tenías obligación de hacer —replicó él—. No te dieron opción.

—Cierto, pero ¿qué es la vida sino compartirla con los amigos y la familia?

—Pero renunciar a tus sueños no está bien —dijo él quitándose los zapatos—. Mi madre soñaba con actuar, pero mi padre decretó que ninguna esposa suya trabajaría nunca. Yo creo que la frustración se la comió desde dentro, y la amargura provocó el cáncer. No deberías renunciar nunca a tus sueños, Emily.

—¿Qué sueños?

Hasta entonces, no había tenido tiempo para sueños

—Yo nunca he tenido ese tipo de ambición. No me interesan la fama y la fortuna —explicó—. Kate sí las quiere, y yo le deseo lo mejor. Pero no es lo que yo quiero.

Sonrió al verlo quitarse los pantalones.

–No necesito una audiencia de miles de personas para sentirme apreciada –añadió.

En aquel momento, estaba sintiéndose apreciada de sobra.

–¿Te basta con el niño de cuatro años?

–Y con el hombre ocasionalmente desnudo.

Un hombre magnífico, duro como una roca y físicamente perfecto.

–Pero debe de haber algo que quieras hacer, Emily. Todo el mundo lo tiene.

–Supongo que sí.

Todavía estaba averiguando qué era lo que más feliz le hacía. Y, aparte de los buenos momentos con Luca, su mayor felicidad había sido tocando el piano con Marco.

–Deberías ir por ello. Ahora eres libre para hacerlo.

En cierta forma, la libertad le parecía muy solitaria.

Él se metió bajo el piano. Y de pronto, ella sintió que le tocaba los pies y subía por sus piernas. Sonrió.

–Vuelve a tocar la primera canción –pidió él.

–¿Por qué? –inquirió, empezando a dejar de pensar con claridad, sólo existían sus sensaciones.

–Para que pueda hacerte lo que he deseado antes.

Sonaron los primeros acordes y él tiró hasta dejarla sentada en el borde del taburete. Emily sabía lo que seguía, podía sentirlo en el interior de sus muslos, mordisqueándola, lamiéndola, besándola. Y, cuando le entreabrió las piernas con las manos, a Emily le fallaron los dedos.

–Sigue tocando.

Emily cerró los ojos, incapaz de oponerse a él ni a ella misma. Estaba acostumbrada a ser la acompañante, pero no hasta su aniquilación. Porque eso era lo que estaba ocurriendo: su mente, su razón, su voluntad, estaban destruyéndose poco a poco bajo aquel ataque. Él era la criatura más sensual que había conocido nunca, y lo deseaba a fondo.

Le empapó el sudor, se le aceleró la respiración. Él le masajeó los senos y jugueteó con sus pezones, mientras seguía besándola por doquier. Ella tocó cualquier tecla, perdió el control de sus dedos conforme el cuerpo se le tensaba, a punto de alcanzar el clímax.

Su grito se elevó por encima del ruido cuando él hundió la cabeza entre sus piernas, lamiendo y succionando, y sus dedos la tocaron con más habilidad de la que ella nunca llevaría a un piano.

–¡Luca! –exclamó, sin poder soportarlo más.

Y, cuando se desplomó exhausta, él la tumbó a su lado en el suelo, y ella lo abrazó por la cintura con las piernas para aumentar la profundidad. Y, mientras lo notaba internarse en su húmedo hogar, lo miró con adoración.

–No voy a ser capaz de tocar el piano de nuevo sin pensar en ti y en el orgasmo más increíble que he tenido nunca.

–Todavía no ha terminado. ¿Qué posición quieres?

–Todas –respondió ella, decidida a tomar todo lo que pudiera, mientras pudiera.

***

118

Luca estaba pletórico de ella: era embriagadora y adictiva. La miró: se había quedado dormida. Con reticencia, abandonó su cálida suavidad. La tomó en brazos y la llevó a su dormitorio. Emily se removió ligeramente. Luca se quedó junto a la cama, con ella en brazos, incapaz de renunciar a ella todavía.

Cada noche, él regresaba a la privacidad y soledad de su dormitorio. Tenía que hacerlo para mantener el control de la situación, para poder decidir cuándo terminaría. Porque si no lo hacía, un día se despertaría y ella se habría marchado. Igual que Nikki. Él había perdido demasiado, y demasiado pronto. No podría volver a pasar por lo mismo.

Pero, cuando la metió en la cama y tapó su precioso cuerpo con las sábanas, ella abrió los ojos y lo miró acusadora.

–¿Por qué no te quedas conmigo?

Él se irguió, pero no contestó. La vio enarcar las cejas.

–No puedo –respondió.

–¿Ronco? –inquirió ella y lo vio negar con la cabeza–. ¿Roncas tú?

–No, que yo sepa.

–Entonces, ¿qué es lo que te asusta? ¿Te conviertes en hombre lobo en mitad de la noche? ¿Tienes mal aliento por la mañana? ¿Babeas sobre la almohada?

Él rió amargamente, apenas audible.

–Dices las cosas más...

–Digo lo que pienso, que es más de lo que haces tú.

Él se puso serio al instante.

–No quiero hacerte daño.

–¿Y quién dice que vayas a hacerlo?

¿Acaso no lo había hecho ya?, se preguntó él: podía verlo en su mirada, oír el ruego en su voz a pesar de su ataque.

–Me levanto muy temprano para nadar. No quiero despertarte.

Se vio fulminado por su mirada, ignorando la pobre excusa.

De acuerdo, tenía que ser sincero con ella, se lo merecía.

–Muy bien: no me gusta pasar toda la noche con alguien. Es demasiado íntimo.

–¿Demasiado íntimo? –repitió ella, elevando la voz y ruborizándose–. ¿Y esto lo dice el hombre a quien le gusta...?

–Sí, me gusta. Pero eso es sólo sexo.

–Ya veo, sólo sexo –dijo ella sarcástica.

Él se giró para no tener que ver la confusión en aquellos ojos.

–Emily, no. Es lo que es.

Pero sabía que era él quien estaba engañándose a sí mismo. Sí que había más: hablaban, ella le hacía reír, relajarse, querer otras cosas.

No había sido sincero: era él quien no quería resultar herido. Y sin embargo, ya estaba sufriendo.

Capítulo Doce

Luca se despertó temprano, en su dormitorio y solo. Por primera vez, se lamentó un poco. ¿No sería agradable despertarse junto al calor de Emily? Entonces recordó la locura en la cocina, cuando había estado a punto de poseerla mientras sus invitados esperaban en la habitación contigua, y el arrepentimiento se convirtió en remordimiento y vergüenza. Nunca se le habría ocurrido hacer algo así con Nikki. Pero tampoco había deseado a Nikki con aquella desesperación.

Llegó al trabajo antes de lo habitual, pero una vez allí, se sentó lejos del ordenador y miró por la ventana. Durante años, había ignorado el dolor y había continuado con su trabajo, decidido a demostrar su valía... ¿y no había tenido éxito en eso? Valía millones, entonces, ¿por qué de pronto le parecía nada?

Emily era el problema, todo había empezado a desmoronarse al aparecer ella. La última semana había sido anormalmente intensa, los dos solos noche tras noche. Se dirigían rápidamente a un nivel de intimidad con el cual él no estaba cómodo. Era demasiado, y demasiado pronto. ¿Acaso no era ésa la historia de su vida?

Necesitaba recuperar la perspectiva. Tal vez tenían que salir más, no quedarse encerrados en su pequeño mundo. Si él la veía más a menudo, la burbuja se rompería. Sacó el calendario y la lista de eventos que solía ignorar. Se le encogió el corazón al ver que aquella noche existía una posibilidad. No era lo ideal. Se obligó a respirar hondo y decidió que irían. Eso le recordaría qué había sido real y qué era una obsesión pasajera.

Emily se despertó con el sonido de su móvil, perdido en algún lugar de la habitación. No dejaba de sonar. Por fin lo encontró.

–¿Diga?

–¿Estás despierta?

Era muy temprano, y había pasado la mitad de la noche pensando lo equivocada que estaba. Aquello no era sólo sexo, era desesperación y deseo. Ambos estaban peleando por mantener el control, no sobre el otro, sino sobre aquello que los estaba absorbiendo.

–Sal conmigo esta noche –propuso él con suavidad.

–Ahora sí que sé que estoy soñando.

–No –dijo él, medio riendo–. Ven a un baile benéfico en el Museo de Historia Natural.

–¿Un baile? No puedo, no tengo nada que ponerme, Luca.

Apenas había superado el nivel de la cena, donde se había sentido inferior, como para asistir a un salón de baile lleno de gente rica, guapa y exitosa.

–Ponte el vestido de anoche, servirá.

Emily dudó. ¿A qué se debía aquello? Sabía lo mucho que él quería apagar la llama entre los dos.

Percibía su lucha: una parte de él había querido quedarse con ella la noche anterior, pero estaba decidido a negarlo. Sin embargo, ella quería comprenderlo. Y no podía oponerse a él, ni a ella misma.

–De acuerdo.

–Te recogeré a las siete.

En su corazón, supo qué era y por qué. Se había equivocado: sí que existía el amor a primera vista.

En cuanto Micaela llegó, Emily le contó lo del baile.

–Voy a llevar el vestido de anoche.

–Te puedo prestar un chal y un bolso.

–¿De veras?

–Déjamelo a mí.

Por la tarde, Emily se bañó en la piscina, evitando la zona profunda. Estaba nerviosa. Pelearía por él, lo haría bien.

Tras una larga ducha, encontró a Micaela con el vestido lavado y planchado, y una multitud de accesorios y maquillaje sobre la mesa. La mujer la maquilló mucho más de lo que ella solía llevar, pero al mirarse al espejo, no resultaba nada recargado. Luego, la peinó con la habilidad de una estilista profesional.

–¿Hay algo que no hagas? –le preguntó Emily, maravillada–. Entiendo por qué Luca te valora.

Micaela soltó una risita.

–Se merece lo mejor –afirmó y se apartó para admirar su obra–. No va a poder apartar los ojos de ti.

***

Emily lo esperó en su habitación, en lugar de en el salón. Hubo un suave toque a la puerta, que se abrió al instante. Ella tuvo que contenerse al verlo: tenía el cabello húmedo todavía, estaba recién afeitado, el esmoquin moldeaba su figura y lo hacía aún más atractivo.

Durante unos instantes, se observaron el uno al otro. La emoción casi la embargó. Vio que él se acercaba, con la entrepierna evidenciando su objetivo. Su cuerpo tardó en procesar la orden del cerebro, pero por fin dio un paso atrás.

—No, no vas a arruinarme el maquillaje —dijo, obligándose a negar con la cabeza.

Él se detuvo en seco.

—¿Qué intentas, que me dé un infarto?

Algo así, si consiguiera crear una grieta en la gruesa capa de hielo que recubría su corazón.

—No voy a volver a besarte antes de una cena formal. ¿Recuerdas lo que ocurrió anoche?

Los ojos de él centellearon.

—Compórtate —dijo ella, intentando que sonara a broma, pero le salió demasiado serio y real.

—Ése es el problema, Emily: no quiero comportarme cuando estoy contigo.

Sus miradas se encontraron y supo que él estaba recordando tan vívidamente como ella la noche anterior. Intentó romper el hechizo.

—¿No deberíamos marcharnos?

Él no se movió, cada vez más excitado. A pesar de que ella también lo deseaba, sintió decepción.

—¿No quieres que vayamos?

Lentamente, la expresión de él se volvió impenetrable.

—Por supuesto que sí. Adelante.

***

Luca escuchó a Emily charlar con Ricardo en el coche, evidentemente nerviosa. Pero, cuando llegaron al edificio, la vio elevar la barbilla y cuadrarse de hombros.

–Luca, qué alegría verte.

Él saludó a los organizadores del baile.

–Ésta es Emily, una conocida que acaba de llegar de Nueva Zelanda.

Nombrar su país de origen fue un acierto: antes de darse cuenta, ella estaba hablando animadamente con uno de peces gordos acerca de *bungee jumping*. Sonriente, Luca dio un sorbo a su copa de vino mientras la veía ganárselos a todos con su sonriente mirada y su concentración al escuchar.

Vio la mirada que se intercambiaron dos consultores que él sabía que eran unos tiburones. Unos cuantos años después de Nikki, él también había competido en ese juego de alcohol, excesos y mujeres. Se había quitado la alianza y había jugado fuerte. Pero esa fase, que tampoco había durado mucho, no le había llenado, y había pasado a concentrarse exclusivamente en los negocios.

Pero cuando los vio acercarse a ella, con su actitud depredadora, le salió un afán posesivo. Se la llevó lejos de la multitud y cerca de él.

Emily iba a protestar pero, al ver su mirada, palideció.

–Baila conmigo –le pidió él, abrazándola por la cintura y apretándola contra sí conforme se dirigían a la pista de baile.

Ella, ruborizada, enarcó las cejas.

–Creí que yo sólo era una conocida.

–No me ha parecido educado añadir que me acuesto contigo a la menor oportunidad.

Ella soltó una risita, y empezaron a bailar.

–Estabas nerviosa por esta noche, ¿por qué? –inquirió él, pasados unos momentos.

–No soy tan sofisticada como esta gente.

–Te manejas de maravilla entre ellos –le aseguró él, y vio que apartaba la mirada–. De veras, eres más auténtica y generosa que la mayoría de estas personas. Tal vez ellos den su dinero, pero tú te entregas tú misma. Sabes escuchar, eres buena, divertida y guapa. Tenías al viejo Thomas encantado.

La vio sonrojarse llena de timidez. Decidió añadir algo para aligerar el ambiente.

–Y lo más importante: te encantan la ópera y la comida italiana, signos de que eres una mujer culta.

–¡Tú sí que eres un provinciano!

–Y tienes un amplio vocabulario.

–Y arrogante.

–No olvides «elegante» y «buen bailarín».

–¿He dicho ya «arrogante»?

–Me quieres por eso.

–En caso de que te quisiera, sería a pesar de eso.

Él rió y la apartó de sí antes de volver a agarrarla con fuerza, pegando sus caderas y sus torsos.

–No me había divertido tanto hacía mucho.

–Querrás decir que no habías tenido tanto sexo –corrigió ella con mirada brillante.

–Eso es cierto. Debo admitir que he estado buscando un rincón apartado por aquí, pero no hay ninguno. Qué terrible –dijo él, rozándole la nariz con la suya–. Aun así, estoy divirtiéndome.

Ella elevó la barbilla.

–¿Dónde aprendiste a bailar así?

–En el internado. Con la señorita Brady. Era su primer año como profesora, mi último año en el colegio... –dijo y elevó las cejas varias veces.

–¡Luca!

Él la bajó hacia atrás, hasta que casi tocó el suelo con la cabeza, se inclinó sobre ella y rió sin parar. Olvidándose de todo, por fin, excepto de lo bien que se sentía con ella a su lado.

Emily se incorporó, todavía riendo, y se relajó en el delicioso abrazo que él le ofrecía. Ella no había bailado nunca. Siempre había estado trabajando, demasiado cansada después para salir, y nunca la habían invitado a un baile así. Estaba descubriendo lo divertido que era, o al menos dirigida por Luca.

Varias canciones después, se separó de él. Necesitaba un respiro de tanta provocación. Él sabía perfectamente lo que le estaba haciendo, lo excitada y contenta que estaba.

En el tocador, una de las mujeres importantes de la noche se le acercó.

–Es muy agradable que hayan venido –dijo con amplia sonrisa–. No esperábamos que Luca acudiera hoy, y menos aún con una cita.

Emily sonrió, sin saber cómo responder. Luca no la había presentado como su cita, pero había bailado acaloradamente con ella delante de todo el mundo.

–Es un donante muy generoso –añadió la mujer.

–Por supuesto.

Apoyaba la investigación contra el cáncer. Emily

todavía podía oír su rabia cuando le había contado cómo había muerto su madre.

–Ella era tan joven... y acababan de casarse –añadió la mujer, retocándose el maquillaje–. Una tragedia.

Emily se quedó helada. La mujer no estaba refiriéndose a la madre de Luca, sino a su esposa.

Regresó al salón de baile. Vio a Luca sentado junto a otros invitados, pero un poco aparte. Así era él, aislado. Cuando la vio, esbozó una seductora sonrisa y acercó una silla vacía junto a él. Sintiéndose como una impostora, ella se sentó.

–¿Estás bien? –le preguntó él al oído–. Se te ve pálida.

–Sólo un poco cansada.

Escuchó la música y trató de dejarse llevar mientras Luca le acariciaba la mano. Pero no logró relajarse de nuevo. Entrelazó los dedos con los de él.

–¿Cómo se llamaba?

Él la miró inquisitivo.

–Tu esposa –puntualizó ella antes de poder contenerse.

Por un instante, él la miró conmocionado. Y luego todo se desmoronó. Emily tuvo que agarrarlo fuerte para que no la soltara.

–¿Qué le ocurrió? ¿Cómo era? –preguntó, necesitaba saber.

Él retiró la mano.

–No quiero hablar de ello.

Emily vio culpa en su rostro, y después él se cerró en banda.

***

Luca se puso en pie, sintiendo escalofríos por todo el cuerpo.

–¿Te importa si nos vamos?

Emily se puso en pie. Él no la agarró, tan sólo caminó a su lado hacia la salida. Y no llamó a Ricardo, era más rápido tomar un taxi.

Iba sentado en el borde del asiento, mirando por la ventana. Aunque lo único que podía ver era la aguja para administrar el analgésico, lo único que olía era el antiséptico, y lo único que oía era el pitido de la máquina que goteaba la medicina cada pocos minutos, para que ella no sufriera mientras la vida se le escapaba.

Pero no podía ver su rostro. Lo había olvidado. Tras la pregunta de Emily, se dio cuenta de que no podía contestarla.

–Se llamaba Nikki –comenzó–. Nos conocimos en Oxford, en alguna fiesta. Era francesa.

Él la amaba, o eso creía. También creía que nunca podría sentir algo más profundo... pero ese recuerdo estaba desvaneciéndose bajo aquella locura con Emily, y lo detestaba. Se sentía desleal, y quería rechazar lo que le estaba provocando ese sentimiento.

–Tenía los ojos castaños, el pelo oscuro. Era alta y delgada, muy francesa –dijo él, logrando recuperar su recuerdo–. Era testaruda y bastante consentida. Podría haber elegido a cualquiera, pero me eligió a mí.

Y, de pronto, ya no estaba. Él se había concentrado en su trabajo, sellando su corazón.

–Fue muy rápido. Ella era delgada, pero de repente se quedó esquelética. Y, antes de que supiéramos qué le ocurría, ya no pudimos hacer nada.

–Siento mucho que la perdieras, Luca –dijo ella con voz suave, tomándolo de la mano.

Él cerró los ojos y apretó la mandíbula. ¿Cómo había permitido que unos momentos de pasión casi borraran aquel recuerdo? ¿Qué tipo de hombre era?

Aquella lujuria lo amenazaba, generándole sensaciones erróneas y descontroladas. Inspiró hondo, luchando contra las náuseas. Necesitaba recular.

–Estoy muy cansado. Me voy directo a la cama –anunció al entrar en casa, ignorando la conformidad de ella.

No quería ni su comprensión ni sus cuidados. No quería nada de ella, especialmente no su cálido consuelo. Tensó cada músculo, apresurándose a la cárcel en la que se había convertido su dormitorio.

Emily lo vio marcharse y, a cada paso, se le partió más el corazón. No debería haber preguntado. Deseó poder ayudarlo, poder ayudarse a sí misma. ¿Por qué se había enamorado de alguien que no podía amarla como ella necesitaba, alguien que además no quería su amor?

Tal vez él pensara que era suficientemente buena para lucir como su cita y hablar con quien fuera. Pero nada de eso importaba ahora, porque ¿cómo iba a competir con su esposa fallecida?

Capítulo Trece

El día fue uno de los más largos que Luca había soportado nunca. Le dolía el cuerpo como si hubiera competido en un evento multideportivo. Menudo hombre de acero estaba hecho. La abstinencia no era la respuesta. No había dormido ni un segundo la noche anterior, batallando contra el deseo, los demonios del pasado, y la ira que apenas podía controlar por cómo Emily lo había invadido todo. Por los terribles pensamientos que le provocaba: cuando ella había lamentado la pérdida de Nikki, él no lo había lamentado; sólo había querido regresar a esos momentos en la pista de baile con ella, divirtiéndose y olvidándose de todo lo demás.

Se sentía terrible por eso, tenía que sacarla de su vida. Pero su deseo le hizo abalanzarse sobre ella nada más regresar a casa, con la esperanza de que ella llenara el vacío que estaba abriéndose en su interior. La miró a los ojos y vio sombras nuevas en ellos.

–Parece que no puedo estar lejos de ti mucho tiempo –comentó él.

–¿Y eso es malo?

Captó el dolor de ella y se sintió aún más decepcionado. Aquello no era culpa suya, era él quien estaba atrapado: hiciera lo que hiciera, parecía estropearlo todo.

–Lo siento.

—¿Por qué?

Por no ser lo que ella necesitaba. Por no ser el hombre que él creía que era.

La besó como ella se merecía, y estuvo a punto de entregarse a ella. Era como si, cada vez que habían tenido relaciones, él se hubiera ido quitando corazas, y de pronto sólo necesitaba abrazarla y poseerla, el instinto más básico. La tentación era poderosa, ¿cómo podía sentir que aquello era correcto, cuando en su cabeza sabía que estaba mal?

Emily se sentó a horcajadas sobre él, con los ojos brillantes, el rostro encendido, los senos moviéndose al ritmo de sus caderas. No existía la timidez, sólo el placer puro. Entonces él se dio cuenta de que no podía seguir su ritmo; no era así como quería que fuera. La emoción lo abrumó.

—Voy a terminar —anunció con voz ronca.

—¿De verdad? No te creo —dijo ella con ojos brillantes.

—No creo que puedas detenerme. Creo que no puedo detenerme ni yo mismo.

Ella se levantó, pero él negó con la cabeza, incrédulo.

—Aún voy a terminar, con sólo mirarte —dijo, agarrándose a las sábanas—. Eres la mujer más bella del mundo.

Ella le susurró al oído:

—No te contengas, Luca. Sumérgete conmigo.

No se la merecía, no podía resistirse a ella. Se entregó completamente. Rodaron y él la penetró profunda y largamente.

Ella se arqueó, rió, gritó de placer. Y él se perdió en la marea de sentimientos que lo invadieron.

***

Él había cambiado, observó Emily: estaba susurrando algo en italiano, y había desesperación en sus caricias. Ni rastro del amante que la guiaba pausadamente hacia el éxtasis. En lugar de eso, estaba clavándole los dedos, además de embestirla hasta el fondo. La besaba apasionadamente por todo el cuerpo, como si quisiera abarcarla toda entera. Y al terminar, la abrazó fuertemente, besándola y murmurando aquella frase en italiano una y otra vez.

Emily se despertó mucho más pronto de lo habitual. Sus piernas estaban atrapadas por algo pesado... y vivo. Luca.

¿No debería haberse marchado a su habitación? La emoción la embargó: él había querido quedarse, y la estaba abrazando.

Se giró lentamente y lo contempló: sus espesas cejas relajadas, sus labios carnosos y suaves, sus anchos hombros morenos contrastando con el blanco de las sábanas.

Vio que abría los ojos y se le paró el corazón y la respiración unos instantes. Él la observó en silencio y la atrajo hacia sí, tumbándola de nuevo.

–Duerme.

Cuando volvió a despertarse, él estaba besándole el rostro delicadamente y acariciándole el torso con las manos. El sol calentaba la cama y ella recuperó la confianza.

–«*Sei il fuoco della mia anima*». ¿Qué significa? –in-

133

quirió y se puso nerviosa al notarlo tensarse–. Es lo que repetías anoche.

–No es nada –respondió él con renuencia–. Sólo una expresión.

Su cuerpo seguía en aquella cama, pero él acababa de irse a miles de kilómetros de distancia. Emily esperó, pero no hubo más explicaciones. Su felicidad se disipó.

–No era nada especial, ¿verdad? –dijo sentándose y tapándose con la sábana, demasiado dolida como para no atacar–. Es lo que siempre dices a la mujer con quien te acuestas, así no importa si no te acuerdas de su nombre. ¿Verdad, Luca?

–Sabes que no hay nadie más en mi vida.

«Nadie vivo», pensó ella. ¿Por qué él estaba tan frío de repente, cuando la noche anterior había sido tan mágica?

–No compliques las cosas –dijo él, quitándole la sábana.

–No niegues que esto ya está complicado.

Él hizo ademán de levantarse de la cama. Aquella actitud de terminar la conversación no iba a poder con ella. Con un descarado coraje que no sabía que tenía, sacó el tema abiertamente.

–¿Sientes algo por mí, Luca?

Él la miró iracundo.

–Sabes lo mucho que te deseo.

Él siempre lo llevaba todo al terreno del sexo. Era el mínimo común denominador entre ellos, pero seguro que reconocía que compartían muchas más cosas. ¿Cómo era posible que él se hubiera entregado tanto a nivel físico, pero intentara mantener la distancia a nivel emocional?

Nunca había estado tan enfadada en su vida,

aquella batalla era crucial, y no podía evitar la sensación de que estaba en el bando de los perdedores.

–Vete, Luca, ya que es tan obvio que te arrepientes de estar aquí.

Eso hizo él. Entonces, Emily se tumbó en la cama y clavó la mirada en el techo, decidida a no llorar y a continuar con su vida. Necesitaba un plan de acción cuanto antes.

Cuando Luca regresó del baño en la piscina más insatisfactorio que había tenido nunca, encontró a Emily en el salón rodeada de panfletos y formularios.

–¿Qué haces?

–Planear mi futuro. Voy a enseñar música.

Luca sintió una ola de adrenalina. Miró los panfletos, algunos eran de universidad, otros de conservatorios. ¡Uno de Irlanda! Combatió el impulso de tirarlos a la papelera y obligarla a quedarse con él, como un troglodita. Ese deseo lo enfureció, ¿no debería de sentirse aliviado?

–Quienes pueden, tocan; quienes no, enseñan –dijo mordaz.

–Qué insultante –contestó ella yendo a la cocina–. Un profesor no se hace, nace con ese talento. Yo podría enseñarte un par de cosas.

–De acuerdo, he sido un maleducado –admitió él, pero su frustración era real–. Es la primera vez en tu vida que eres libre para hacer lo que desees. ¿Por qué quieres un empleo donde la otra persona es lo importante?

–¿Por qué me animas a hacer lo que quiera y, cuando te lo digo, no me apoyas? Me encanta enseñar, Luca. Lo siento si no es lo suficientemente bueno para ti.

Luca inspiró hondo. La había ofendido, cuando lo único que quería era que hiciera lo que realmente deseaba.

–Yo no necesito prestigio para probar mi valía, como tú –atacó ella.

–¿Qué quieres decir?

–¿Cuántas horas tienes que trabajar? ¿Cuántos billones tienes que generar? ¿A quién demonios intentas impresionar? –se burló ella.

–A nadie –respondió, y vio que ella no le creía–. Trabajo tanto porque me gusta ese desafío. Me gusta ser el mejor.

Tal vez todo había comenzado queriendo demostrar su valía, tener más éxito que su padre. Pero se había convertido en un hábito, más que otra cosa.

–¿Y otras cosas, Luca?

–¿Como qué? Tengo una buena vida.

–Vives a medias. Trabajas para escapar de cosas que otros desean acoger –afirmó ella rotunda–. Como el amor.

Se produjo un silencio repentino y total. Luca no podría moverse aunque quisiera.

Emily se giró hacia él dando un suspiro.

–Luca, has sido muy generoso. He pasado tanto tiempo cuidando de Kate, ocupándome de ganarnos la vida, que no había tenido tiempo de plantearme mis propios sueños. Tú me has proporcionado ese tiempo.

–¿Y enseñar es tu sueño?

–Sí. Aunque te resulte simple, es lo que quiero hacer. Es lo que me hace feliz.

–¿Cómo puedo...? –sonó el teléfono de ella– ¿ayudarte?

Ella había respondido. Era su hermana pidiéndole un favor. Según oyó las respuestas de Emily, «sí», «claro», y «no te preocupes, allí estaré», Luca se enfureció. Esperó a que la llamada terminara.

–¿Por qué permites que ella se aproveche de tu naturaleza generosa?

Él no lo comprendía, ¿verdad? A ella le gustaba ayudar a la gente a la que amaba; no se aprovechaban de ella, ella los cuidaba porque le importaban. Así que le contestó con sarcasmo.

–¿No es lo mismo que estás haciendo tú conmigo, Luca?

Aprovecharse de que se había enamorado de él y no podía negarle nada.

–¿Y qué, si así es? Deberías cortar tus ataduras y salir corriendo.

–Tal vez lo haga –dijo ella con sinceridad–. Pero de momento esto es lo que hay.

Se acercó a él, más atrevida que nunca, y lo besó sin piedad. Pero se apartó antes de que aquello fuera demasiado lejos.

–Aún sigue ahí, tan fuerte como siempre –dijo, y al verlo asentir se armó de valor–. ¿Tan malo sería que te quisiera?

Lo vio quedarse inmóvil, apretar la mandíbula, intentar controlar el rubor de sus mejillas. Y, cuando entrecerró los ojos, Emily se preparó para defenderse del ataque.

–Siempre estás ayudando a la gente, preocupándote por ella. ¿Dónde está tu egoísmo?

–Es la base de todo lo que hago, Luca. Me gusta sentirme necesitada. Si nadie me necesita, ¿qué me queda?

–Libertad.

Ella negó con la cabeza.

–No es el tipo de libertad que deseo. Necesito una comunidad, una familia, un lugar donde encajar y ser necesaria. Si no, me siento sola y perdida. Hago cosas por los demás y espero que algún día alguien hará algo por mí y me cuidará.

Tenía la esperanza de que él le correspondería, en la medida que pudiera. Eso la haría feliz. Pero, viendo su expresión inmutable, intentó esconder el hecho de que le estaba partiendo el corazón. Quiso gritar de frustración contra aquel silencio.

–Nadie es una isla, Luca, ni siquiera tú –le espetó, sin poder contenerse–. Tú también ayudas a la gente. Intentas mantener las distancias, pero no puedes. Sé lo que has hecho por Micaela y Ricardo.

Él la miró, sorprendido.

–¿Cómo lo sabes?

–Ella me lo contó.

–No es nada, sólo dinero.

–También sé que tienes un armario lleno de juegos para Marco. Él me lo enseñó.

–Dinero de nuevo.

–Tonterías, eso es querer cuidarlos. Por más que intentes negarlo, te gustan, Luca, haces cosas por ellos. Te importa su felicidad, te preocupas por ellos.

«Y por mí también».

Sus miradas se encontraron. Emily se preguntó si él le habría leído el pensamiento.

–Asumes grandes riesgos con el dinero. A mayor riesgo, mayor beneficio, ¿verdad? ¿Se te ha ocurrido que es igual con tus sentimientos?

Había ido tan lejos, que ya no tenía sentido contenerse.

–Y el hecho es, Luca, que yo soy una apuesta segura –concluyó.

–Tengo que irme a trabajar –dijo él.

Por segunda vez en el día, huyó de ella. Emily lo vio dirigirse hacia la puerta y se abrazó. ¿Estaba engañándose completamente a sí misma?

De acuerdo, él seguía enamorado de su esposa, pero eso no significaba que ella no pudiera gustarle, reflexionó. Aquello podía funcionar. Ella podría aceptarlo, ¿verdad? Pero de pronto, se sintió vulnerable y perdida. Le invadió la amargura. ¿Por qué tenía que ser siempre ella la que amara? ¿Por qué no podía estar con alguien que la amara a su vez?

Sí que lo quería todo, se dio cuenta. Y él no era capaz de dárselo. Todo su egoísmo salió cuando él alcanzó la puerta.

–He intentado hacerlo a tu manera, pero todo esto de la aventura vacacional no es para mí –confesó, e inspiró hondo–. Necesito más. Quiero más de ti.

Él se detuvo, de espaldas a ella, con la mano en el picaporte.

–Dijiste que sólo querías sexo.

–Y así era, así es: quiero sexo. Pero he ampliado mi opinión.

Él bajó la cabeza.

–Emily...

Al oír su voz temblorosa, se le rompió toda esperanza.

–No te preocupes, ya lo sé. No tienes que explicarte.

Él había enterrado su corazón. No quería volver a amar.

Luca abrió la puerta bruscamente y se marchó.

Capítulo Catorce

Luca llevaba horas intentado recuperar el aliento. No podía dejar de recordar a Emily preguntándole: «¿Tan malo sería que te quisiera?»

Apagó el ordenador. Ya no tenía sentido fingir: su día de trabajo había terminado antes incluso de empezar.

«*Sei il fuoco della mia anima*», no se había dado cuenta de que lo había dicho en alto. Cuando lo había oído en labios de ella, se había quedado helado. Pero era cierto. La velocidad a la que había sucedido lo abrumaba, ella era como un meteorito impactando en su mundo y creando caos y confusión. Necesitaba hablar con ella, pedirle que tuviera paciencia. Sabía que ella se la concedería, porque era amorosa y fuerte. Todavía no podía creer lo que le sucedía. Se preguntó si la encontraría al regresar a casa.

Corrió todo el camino de regreso, ignorando las miradas de la gente.

Ella estaba leyendo en el sofá, algo más pálida de lo habitual, y empeoró cuando lo vio acercarse.

–¿Estás bien? –inquirió él.

La vio asentir y le invadió la emoción. Sí, quería que ella lo amara. Quería todo lo que ella pudiera ofrecerle. Pero no podía seguir sin arriesgarse, sin abrir puertas que había sellado tiempo atrás.

¿A quién quería engañar? Ella ya las había atravesado y se había hecho un hueco en su corazón. Cosa que a él no le hacía mucha gracia.

—Necesito tiempo, Emily, para adaptarme a esto. A nosotros.

Habían ido a toda prisa desde el comienzo de su romance, tanto por él como por ella. Él presionaba a nivel físico y ella a nivel emocional.

¿Qué diría cuando supiera lo que él ocultaba en su corazón? ¿Seguiría a su lado? Luca no estaba seguro. Así que, primero la amaría, y luego contendría el aliento mientras se lo contaba.

Vio que ella hacía una mueca de dolor al erguirse.

—¿Seguro que estás bien? —preguntó él, sentándose a su lado.

—Sólo me duele la tripa. Estoy bien.

Tal vez era ansiedad. Luca le acarició la mejilla con el dorso de la mano para reconfortarla, deseando que ella comprendiera. La vio relajarse, abrió los brazos y la acogió en su pecho, apretándola contra sí y besándole el cabello, la mejilla, la boca.

Otra mueca de dolor.

Preocupado, la miró a los ojos.

—¿No te apetece?

—Quiero, pero... —se ruborizó—. Es que estoy sangrando un poco. No es nada.

—Tuviste el periodo hace dos semanas —recordó él, confundido y empezando a asustarse.

Ella se puso en pie, con otra mueca de dolor, y se apartó de él.

—Tan sólo no me encuentro bien. Pero no es nada.

Ella estaba quitándole importancia, pero su cuerpo tenso hablaba por ella. A Luca se le dispararon todas las alarmas. ¿Qué otros síntomas tenía? ¿Cuánto tiempo hacía que se sentía así?

–¿Te duele la cabeza?

–Si no me dolía antes, ahora sí.

Luca ignoró la burla porque ella cada vez estaba más a la defensiva, así que debía de haber algo más.

–Deberías ir al médico –dijo él, invadido de pesadillas del pasado.

Se dirigió directo al teléfono. No iba a volver a pasar por aquello.

–Vas a ir al médico, voy a llamarlo ahora mismo.

Pagaría lo que fuera por que la viera cuanto antes. Quería saber qué le ocurría a Emily y cómo se podía arreglar.

Emily observó a Luca dirigirse implacable hacia el teléfono, y la exasperación le hizo elevar la voz y superar su vergüenza.

–Cuelga el teléfono, Luca. Sólo estoy ovulando, ¿de acuerdo?

Eso le hizo detenerse.

–¿Cómo?

–Cuando ovulo, sangro un poco y tengo algunos dolores. Es algo normal, les pasa a muchas mujeres.

Luca la miró aturdido. Exhaló ruidosamente mientras la recorría con la mirada: los senos, el vientre...

–De acuerdo. Entonces deberías tomarte un analgésico.

–Tienes razón –dijo ella y regresó a su habitación, más que nada para escapar de él.

Aún lo deseaba. El cuerpo le ardía, le urgía a hacer el amor y generar vida con él.

En lugar de eso, se hizo un ovillo y se preguntó cuánto tiempo tendría que esperar.

Se quedó dormida, y era avanzada la tarde cuando regresó al salón. Vio a Luca de pie junto a la ventana, pero estaba segura de que no estaba contemplando las maravillosas vistas del jardín. Fuera lo que fuera en lo que estaba pensando, le causaba dolor. Tenía la mandíbula apretada, los brazos cruzados y los puños cerrados. Como peleando.

Se giró hacia ella, pero su expresión no se relajó, más bien se tensó aún más. Emily se obligó a dar otro paso, protegiéndose contra la gelidez que le llegaba de él.

–¿Luca?

–Emily... –comenzó él, como decidiendo cómo decir lo que quería decir.

Y de pronto, con cegadora certeza, ella lo supo. Y el orgullo evitó que se desmoronara.

–No quieres que me quede aquí, ¿verdad?

Él la miró fijamente.

–Eso es.

Durante un segundo, Emily se quedó absorbiendo el golpe. ¿Acaso no le había pedido que nunca le mintiera? Pero era un shock que él pudiera cambiar del amoroso amante que la había acunado en sus brazos la noche anterior, a...

Su orgullo, instinto de autoconservación, acudió en su ayuda. Se dio media vuelta.

–No tienes que irte ya mismo –señaló él.

–Sí que tengo que hacerlo –aseguró ella.

¿Qué pretendía él, una noche de sexo a modo de despedida?

–¿Adónde vas a ir?

Ella se detuvo. Kate ya no la necesitaba. Luca no la quería.

–Puede que pruebe algo nuevo.

Giró el rostro porque necesitaba verlo, masoquista que era ella.

Él estaba pálido pero decidido, no iba a cambiar de opinión, y ella no quería humillarse intentando que lo hiciera. Ya lo había intentado durante demasiado tiempo.

Se preguntó cómo sería su propia expresión, porque en aquel momento no sentía nada. Cierta irritación sí, por la manera en que él estaba mirándola. Si se había acabado, se negaba a que la viera desmoronarse. Ella se lo había dado todo, la dignidad era lo único que le quedaba.

–¿Me concedes un minuto? Me gustaría recoger mis cosas.

–Saldré a dar una vuelta, una hora o así. Luego puedo llevarte donde quieras –ofreció él, y salió de la habitación caminando rígido.

Emily se quedó mirando la puerta cerrada tras él. ¿Acaso él había olvidado que tenía su corazón en sus manos? Porque al apretar los puños, lo había aplastado, dejándolo sangrando. La había herido, había sabido que lo haría, y no lo había evitado.

Si él sintiera algo por ella, incluso sólo como amigo, no habría sido tan frío y cruel.

Se acercó a la ventana y lo vio salir al camino. Un estúpido rayo de esperanza le invadió: si él se girara y la mirara...

Pero sólo se alejó, sin mirar atrás, sin preocuparse.

Capítulo Quince

Era una cálida noche de finales de verano, pero Luca sentía como si nada pudiera calentarlo, ni siquiera las llamas del infierno, que era donde se encontraba: atrapado en un mundo de pesadilla entre el pasado y el presente.

Después de perder a su madre y a Nikki, no podría soportar volver a perder a alguien que amaba. Cuando Emily le había dicho esa tarde que no se encontraba bien, le habían invadido los demonios. El temor había sido tal, que su frágil visión de los dos juntos se había hecho pedazos.

Sólo entonces, ella le había dicho que no era una enfermedad, sino su cuerpo recordándole que estaba listo para crear vida.

Una mezcla de terror y añoranza se apoderó de él. No iba a casarse de nuevo, y menos a tener hijos. No se expondría al rechazo, el dolor y la pérdida de nuevo. Tenía que separarse de ella.

Pero, al enfrentarse a la perspectiva de regresar a su vida anterior, centrada exclusivamente en el éxito en sus negocios, supo que no lo llenaba. Todo el dinero del mundo no podría comprar lo que realmente quería. «A mayor riesgo, mayores beneficios». Ella le había dicho que era una apuesta segura, pero... nadie lo era. No podía prometerle que no moriría, que no lo dejaría.

Paseó por los jardines sin reparar en ellos, ensimismado en su problema, buscando una respuesta porque, inexorablemente, se veía abocado a Emily. La deseaba, la amaba. Tenía que afrontarlo: durante el tiempo que ella quisiera, sería suyo.

Ésa era su respuesta: si ella pudiera prometerle que no lo dejaría durante el resto de su vida, él podría comprometerse, con igual promesa.

Ella había sido tan digna, tan comprensiva... Eso le dolía más que si se hubiera echado a llorar. Y también le enfurecía. ¿Por qué no había peleado por él, por qué no le había gritado? Le hubiera gustado oír otra vez que lo amaba.

Cielos, qué egoísta era. ¿Por qué iba ella a hacerlo? De pronto, fue consciente de las irracionales exigencias que le había impuesto, sin darle nada a cambio. Nada, salvo negar cuánto significaba para él.

No podía dejarla marchar sin explicárselo todo, pensó sintiéndose culpable. Sólo le cabía esperar que su corazón fuera lo suficientemente grande como para seguir amándolo una vez que lo supiera. Fue lo único que logró hacerle sentir algo de calidez de nuevo.

Emily luchó por contener las lágrimas mientras hacía la maleta. Empezó doblando las cosas ordenadamente, pero al poco las fue metiendo de cualquier manera. Tenía que salir de allí antes de desmoronarse.

Pero se le escapó la primera lágrima, amarga. Maldijo y se enjugó la mejilla con el dorso de la mano. Otra abrasadora lágrima la siguió.

Unas manos la agarraron de los hombros y la atrajeron hacia un cuerpo alto y fuerte.

–Emily.

Apenas reconocía la voz, pero sí su cuerpo. Y fue eso lo que acabó con ella. No permitiría que él intentara consolarla.

–¡No! –exclamó, girándose hacia él y empujándolo con todas sus fuerzas–. ¡No me hagas esto!

Pero él sólo la abrazó más fuerte.

–Deja de llorar, Emily, por favor.

–No seas tan cruel, Luca –rogó ella, angustiada–. No puedo tocarte, ni quiero que me toques. No podré superar esto si lo haces, Luca.

Él la soltó, pálido.

–Lo siento.

–¡No me digas que lo sientes! –gritó ella con el rostro bañado en lágrimas–. ¿No puedes dejarme que conserve mi dignidad? ¡Tan sólo déjame sola para que pueda irme!

La humillación era total.

–No quiero que te vayas. Te he hecho daño, pero era lo último que deseaba.

Ambos habían sabido desde el principio que él lo haría, ¿cierto? Por eso él había intentado imponer sus reglas. Por eso ella había estado tan alerta. Pero había sido imposible: el amor se había colado por las rendijas, imposible de detener. El de ella al menos. Él, sin embargo, era la fortaleza impenetrable, quien había sepultado su corazón para siempre.

Así que ella se negaba a escuchar. Lo amaba, pero él no podía amarla. Era todo lo que ella necesitaba saber.

–No puedo seguir aquí, Luca.

La última media hora había sido la más dolorosa de su vida, no soportaría eso ni un día más. Tenía que acabarse. Su padre no se había esforzado en vivir por ella. Kate ya no la necesitaba. Y Luca, el hombre de quien se había enamorado profundamente, no la quería. El dolor de ese rechazo era tan intenso, que apenas podía respirar, ni caminar, ni mantener los ojos abiertos.

Estaba luchando contra ello, pero no quería que él fuera testigo de su debilidad. Quería privacidad para tener un momento de autocompasión, donde gritar y llorar, antes de recomponerse y continuar con su vida, como la veterana que era.

Se encaminó a la puerta principal, sin reparar en que estaba descalza. Tenía que salir de allí enseguida. Llegó hasta el vestíbulo, donde él la agarró del brazo y la abrazó por la cintura. Cegada por las lágrimas, no se dio cuenta de que él la tomaba en brazos.

Oyó cerrarse una puerta y las manos de él la soltaron en una habitación.

—Maldición, Luca, ¿qué más quieres de mí? —inquirió ella mirándolo a los ojos y reparó en su entorno—. ¿Dónde estamos?

Pero ya lo sabía.

—En mi dormitorio —dijo él, pálido y más serio que nunca.

Ella se estremeció ante la fuerza de su respuesta. Le dio la espalda, decidida a ocultarle sus emociones, e intentó concentrarse en los muebles, el suelo... lo que fuera, menos la tristeza de la mirada de él. No quería prolongar la agonía ni un minuto más de lo necesario.

La habitación era un lugar tranquilo y agradable. Oyó que él exhalaba ruidosamente.

–Por favor, Emily, deja que me explique. Necesito hablarte de Nikki.

Quiso gritarle un «no». Se llevó la mano al pecho, para protegerse de sentir más dolor.

–Por favor, Emily, no tardaré mucho.

Él bloqueaba la puerta, así que no podía escapar. Siguió dándole la espalda, mientras reunía todo su coraje.

–Ya sabes que nos conocimos en Oxford. Ella tenía dieciocho años, yo casi veinte. Era su primer novio y ella, la primera mujer con la que salía durante más de dos semanas. Un día se levantó con dolor de cabeza. Creyó que era el periodo, solía darle migrañas –explicó y fue bajando la voz–. Yo no sabía que el cáncer podía ser tan fulminante. No tuvo tiempo ni de luchar contra ello.

Emily sintió un dolor diferente, no sólo por ella, sino por él y Nikki. Se giró. Él la miraba intensamente, como si hubiera tomado una decisión y fuera a seguirla al coste que fuera. Y sí que estaba costándole.

–Ella quería casarse, era uno de los logros que quería conseguir antes de... –se interrumpió, carraspeó–. El resto de cosas no iba a poder lograrlas, y quería al menos un momento de felicidad. Era algo que yo podía hacer por ella... Murió nueve horas después.

Emily se imaginó la escena y se le llenaron los ojos de lágrimas.

–No llores –le rogó él.

–No lo has superado –afirmó ella enjugándose las lágrimas.

–No. Pero no de la manera que tú crees –explicó él, atribulado–. Fue terrible, Emily. Y, tras ver a mi madre desvanecerse y a Nikki desaparecer tan rápido por esa odiosa enfermedad, decidí que no volvería a verme en esa posición. Dediqué toda mi energía a los negocios. No quería intimidad. Desde entonces, no he tenido ninguna relación, nunca he pasado la noche entera con una mujer. Sólo he tenido aventuras ocasionales. Y, durante mucho tiempo, nada. Estaba demasiado ocupado con mi trabajo. No quería que ninguna mujer se convirtiera en una parte necesaria de mi vida. No quería una relación, porque no quería el dolor de la ruptura. Así que, siempre las he terminado antes de comenzarlas.

El enfoque hedonista y sin ataduras de él tenía una explicación.

–Debiste de amarla mucho.

–Solía pensar que sí –dijo él, casi agónico–. Pero, ¿sabes la terrible verdad, Emily? ¿Quieres saber lo que realmente siento?

Ella esperó en silencio, porque quería comprenderlo.

–Estoy contento –confesó él, asqueado de sí mismo–. Una parte de mí se alegra de que ella ya no esté. Porque te deseo. A ti.

Lo confesó horrorizado.

–Miro hacia atrás y me pregunto si la amé, porque lo que siento por ti es intenso y aterrador. Y si perder a Nikki fue malo, no puede compararse a lo que sería perderte a ti –dijo él elevando la voz–. No es que no te quiera. Es que no quiero hacerlo, no cuando me obliga a replantearme todo, cuando me siento aliviado por estar libre para poder ir por ti. ¿En qué horrible persona me convierte eso?

De pronto, se detuvo, vulnerable y asustado.

–¿Puedes amar a un hombre que piensa así?

–No sigas, Luca –dijo ella, acercándose y agarrándolo por las muñecas–. Deja de torturarte.

Podía ver su corazón, el dolor que había sufrido, la soledad que se había impuesto, la fuerza para sepultarlo todo.

–Claro que la amabas: te casaste con ella, le diste lo que quería, la pusiste antes que tú. Eso es amor –dijo ella con suavidad pero firme–. Y te has convertido en el hombre que eres, capaz de albergar esos sentimientos tan profundos, gracias a ella. Ella te enseñó amor, sacrificio y pérdida. Sí que la amabas.

–Pero no como a ti.

Le apretó las manos.

–Es diferente, por supuesto. Yo soy otra persona, y tú también eres diferente al que eras en aquella época. Pero eso no rebaja lo que sentiste hacia ella. El amor no se puede medir, Luca, no se puede comparar. Y el temor que sientes de perderme es tan grande porque ya has perdido antes, no porque yo sea más valiosa –vio que él cerraba los ojos, pero continuó–. Si ella estuviera viva, habríais sido felices. Y tú y yo no nos habríamos conocido.

Él sonrió levemente y asintió con la cabeza.

–Está bien que la ames, Luca. Y también está bien que me ames a mí. Es posible amar más de una vez, ¿lo sabías? –añadió ella, y tomó aire entrecortadamente, deseando que él aceptara sus palabras–. Te mereces ser amado tanto por ella como por mí.

Él bajó la cabeza, para ocultar que se estaba desmoronando. Ella lo abrazó y le susurró:

–Hay mucho para amar en ti, Luca.

Él se agarró fuertemente a ella, hundiendo el rostro en su cuello, y durante un largo rato no dijo nada.

–Ése es tu don –murmuró por fin–. Eres un gran apoyo, tienes la habilidad de hacer que la gente se sienta mejor.

–No tengo ningún don, Luca. Es amor.

Y deseaba dárselo a él.

–Ése es el regalo más grande –dijo él mirándola–. No me lo merezco, por el daño que te he hecho, pero concédemelo, por favor.

–Ya lo tienes. Una vez que se da, no se puede retirar.

–Lo sé. Y ya no puedo dejarte marchar –dijo sin sonreír, asustado.

–¿Tienes una foto de ella?

De alguna forma, necesitaba que él se quedara en paz.

Él dudó unos instantes y luego se puso en pie y abrió una puerta en un lateral. Emily lo siguió a un despacho moderno y lo vio acercarse a un fichero y buscar entre los archivos perfectamente ordenados. Se le partió el corazón al ver la manera en que él había guardado su pasado, tan ordenadamente, para olvidarse de él.

Luca evitó mirarla a los ojos cuando le entregó la foto. No tenía marco, ni álbum. Sólo era el papel.

Emily contempló a la guapa joven y se quedó sin aliento. Más lágrimas bañaron sus mejillas. Había visto ese rostro antes.

–Era la hija de Pascal –explicó Luca–. Se parecen mucho, ¿verdad?

–Luca, lo siento tanto... Y te obligué a celebrar esa cena conmigo allí. No me extraña que te sintieras tan raro.

–Y yo quería que te pusieras algo decente, para no

estar mirándote todo el rato, pero te pusiste ese vestido con el que estabas irresistible –dijo él casi sonriendo–. Pascal lleva años dándome la lata para que continúe con mi vida. Insiste en lo maravilloso que es tener hijos.

–¿Tiene más?

–No. Lo intentaron durante años antes de tenerla a ella. Hubieran querido más, pero no tuvieron suerte.

Ya comprendía por qué había ayudado tanto a Micaela y Ricardo.

–Tenemos una relación estrecha, siempre la tendremos –comentó, y la miró como preguntándole si le parecía bien.

–Por supuesto.

Nikki los unía. Recordó las palabras de Pascal al despedirse tras la cena: «lleva helado demasiado tiempo». Había sido el mentor y el guía que Luca había echado de menos en su propio padre, y quería que alcanzara la felicidad, no sólo en su carrera, sino también en su vida personal.

–Me ha preguntado por ti en su último e-mail –comentó él, sonriendo con ironía–. Creo que le caíste bien.

–A mí también me cayó bien –dijo ella y contempló la foto–. No confundas los sentimientos del pasado con los del presente. Ahora eres diferente, Luca. Ella se merece un lugar en tu corazón, y querría que fueras feliz.

Dejó la foto en la mesa. Debería estar enmarcada sobre ella. Igual que debería tener una foto de su madre. Ella también pondría una de sus padres. Se encargaría de ello pronto.

–Te ayudó a ser quien eres. Y a mí me encanta quien eres –añadió, girándose hacia él–. Eres tan fuerte...

–No soy fuerte. He sido un cobarde y te he hecho daño. Te mereces algo mejor. Me pasaré el resto de la vida compensándote –le aseguró él, miró la foto sobre la mesa y de nuevo a ella–. Gracias por ser tan generosa.

–Puedo permitírmelo. Tengo una vida. Te tengo a ti.

Él la abrazó y suspiró, apretándola contra sí.

–Hoy me has asustado, Emily, al pensar que estabas enferma. Creí que no podría soportarlo, pero no tengo opción.

Ella quería añadir algo más.

–He visto lo que ocurre cuando alguien renuncia y se deja morir, ignorando a los que lo quieren. Nikki y tu madre se enfadarían mucho si no vivieras la vida a fondo. No las uses más como excusa. Vive ahora. Vive conmigo. Y, Dios no lo quiera, pero si muero antes que tú, tendrás que recoger tus pedazos y seguir adelante, seguir amando.

Pero fue a ella a quien recogió y llevó de regreso a su dormitorio. La tumbó en la cama y la contempló durante un largo momento, antes de acariciarle los senos y seguir hasta su vientre. Sus ojos echaban chispas.

–Si hacemos el amor ahora, ¿podrías quedarte embarazada?

–Supongo que sí.

–¿Es un riesgo que quieras asumir conmigo?

Ella ya había apostado su corazón por él, por una recompensa de valor incalculable, y empezaba a desear que se multiplicara muchas veces.

–A riesgo alto, beneficios altos, ¿verdad?

–Sí –dijo él, inclinándose sobre ella–. Estaba equivocado. Quiero amarte. Te amo. Muchísimo.

Ella se derritió bajo sus besos, lo amortiguó cuando se le puso encima. Él le estaba pidiendo que cubriera una necesidad diferente, total.

–No me dejes nunca, Emily –rogó él en un susurro.

Ella le puso la mano en el corazón, como el primer día.

–Estoy aquí, Luca. Siempre lo estaré.

–*Sei il fuoco della mia anima*, «eres el fuego de mi alma» –tradujo lentamente–. Lo digo de verdad. A tu lado, sé que estoy vivo.

Emily lloró lágrimas de alivio e incredulidad. Lloró por el dolor de largos años de soledad, trabajo, y corazón roto, años que no lamentaría pero que estaba feliz de que hubieran pasado. Él la acunó, la consoló, la acarició y le demostró su amor entregándose a ella. Emily se agarró fuertemente a él, necesitada de su seguridad y pasión.

Se estremeció al recibir todo lo que él tenía para ofrecer. Lo único que existía entre ellos era el poder del amor. Todo su cuerpo lo sentía y lo celebraba. Ya se había sentido satisfecha a nivel físico, y por fin también a nivel emocional: él le demostró con palabras, miradas y acciones lo mucho que la quería y cuidaría.

Después, abrazados, entrelazados sus brazos y piernas, cuando la calidez disipó las lágrimas y la frialdad para siempre, él habló.

–No has dicho nada de mi cuadro –comentó, haciéndola girarse.

Emily ni lo había visto, a pesar de que estaba colocado para contemplarse desde la cama. Lo observó atentamente. El escenario era muy familiar: los árboles, los setos con formas... casi podía oír el riachuelo y ver la gruta.

—Lo encontré en una galería unos días después y lo compré en el acto.

Ella se perdió en los recuerdos que le evocaba: los Jardines Giusti y la tarde más feliz de su vida... hasta aquel momento. Se giró hacia él.

—Fue el mejor, ¿verdad?

—No —contestó él con una medio sonrisa—. Sólo fue el principio.

Conforme ella sentía una mayor paz interior, advirtió que la tensión de él aumentaba. Le acarició la frente, todo estaba bien, podía relajarse. Pero él la miró intensamente.

—¿Te casarías allí conmigo, Emily? ¿En el jardín, con una ceremonia sencilla y un picnic bajo los árboles?

Ella lo intentó, pero no pudo evitar que se le llenaran los ojos de lágrimas. Asintió levemente mientras la felicidad total florecía en su corazón.

—Luca... —comenzó, derramando sus lágrimas más dulces—, creo que ése sería el mejor.

Y un día, bajo un cielo azul y ramas verdes, así fue.

El magnate enamorado

MICHELLE CELMER

Mitch Brody, miembro del Club de Ga-
naderos de Texas, ya había seducido a
Alexis Cavanaugh una vez... en nombre de su hermano. Por eso, cuando
éste sorprendió a todos casándose
con otra mujer, la responsabilidad de
desposar a la rica heredera recayó sobre Mitch. Después de todo, Alexis y
él ya habían compartido una tórrida
noche de pasión.

Pero Alexis estaba cansada de ser ma-
nipulada y sería ella quien pusiera las
condiciones para ese enlace. Sin embargo, mantenerse alejada de Mitch le
resultaba muy difícil. Estaba embarazada de un hijo suyo... y no revelaría
su secreto hasta tener al millonario a
sus pies.

¡Su prometida lo despreciaba!

Acepte 2 de nuestras mejores novelas de amor GRATIS

¡Y reciba un regalo sorpresa!

Oferta especial de tiempo limitado

Rellene el cupón y envíelo a
Harlequin Reader Service®
3010 Walden Ave.
P.O. Box 1867
Buffalo, N.Y. 14240-1867

¡Sí! Por favor, envíenme 2 novelas de amor de Harlequin (1 Bianca® y 1 Deseo®) gratis, más el regalo sorpresa. Luego remítanme 4 novelas nuevas todos los meses, las cuales recibiré mucho antes de que aparezcan en librerías, y factúrenme al bajo precio de $3,24 cada una, más $0,25 por envío e impuesto de ventas, si corresponde*. Este es el precio total, y es un ahorro de casi el 20% sobre el precio de portada. ¡Una oferta excelente! Entiendo que el hecho de aceptar estos libros y el regalo no me obliga en forma alguna a la compra de libros adicionales. Y también que puedo devolver cualquier envío y cancelar en cualquier momento. Aún si decido no comprar ningún otro libro de Harlequin, los 2 libros gratis y el regalo sorpresa son míos para siempre.

416 LBN DU7N

Nombre y apellido	(Por favor, letra de molde)	
Dirección	Apartamento No.	
Ciudad	Estado	Zona postal

Esta oferta se limita a un pedido por hogar y no está disponible para los subscriptores actuales de Deseo® y Bianca®.
*Los términos y precios quedan sujetos a cambios sin aviso previo.
Impuestos de ventas aplican en N.Y.

Embarazada… ¡por real decreto!

Era la noche de una excitante subasta de arte en Londres y a Cally Greenway estaban a punto de encargarle el trabajo de restauración de sus sueños… pero el cuadro fue a parar a manos de un pujador anónimo. Desolada y abatida, Cally encontró refugio en los brazos de un guapo e implacable desconocido. El hombre que había comprado su querido cuadro, ¡el príncipe de Montéz!

Por decreto real, Leon convocó a Cally. Su Majestad deseaba una amante: sumisa, atractiva y… ¿embarazada?

Amante de un príncipe

Sabrina Philips

¿Por negocios o por amor?

JULES BENNETT

Abby Morrison siempre había estado enamorada de su jefe en secreto, y se sentía morir cada vez que el multimillonario Cade Stone tenía una cita. Pero ahora… ¡la quería para planear su boda!

Ella sabía que Cade estaba cometiendo un error al casarse por negocios con una mujer que tampoco estaba interesada en el amor. Había sido durante mucho tiempo la tímida secretaria, pero se negaba a seguir siéndolo. Tenía un mes para planear la boda de su jefe… y eso le daba tiempo para hacer que Cade cambiara de idea.

Conseguiría su objetivo costara lo que costara